诺贝尔文学奖作家作品

伟大的牵线人

THE GREAT GALEOTO

［西］何塞·埃切加赖 著

姜 楠 译

北京出版集团
北京出版社

图书在版编目（CIP）数据

伟大的牵线人 /（西）何塞·埃切加赖著；姜楠译. —
北京：北京出版社，2020.10
（诺贝尔文学奖作家作品）
ISBN 978-7-200-14146-7

Ⅰ．①伟… Ⅱ．①何… ②姜… Ⅲ．①话剧剧本—西
班牙—现代 Ⅳ．① I511.35

中国版本图书馆 CIP 数据核字（2018）第 194579 号

诺贝尔文学奖作家作品

伟大的牵线人

WEIDA DE QIANXIANREN

[西] 何塞·埃切加赖 著
姜 楠 译

*

北 京 出 版 集 团
北 京 出 版 社 出版
（北京北三环中路 6 号）
邮政编码：100120

网 址：www. bph. com. cn
北 京 出 版 集 团 总 发 行
新 华 书 店 经 销
北 京 华 联 印 刷 有 限 公 司 印刷

*

889 毫米 × 1194 毫米 32 开本 9.25 印张 215 千字
2020 年 10 月第 1 版 2024 年 4 月第 2 次印刷
ISBN 978-7-200-14146-7
定价：49.80 元
如有印装质量问题，由本社负责调换
质量监督电话：010-58572393
责任编辑电话：010-58572757

作家小传

何塞·埃切加赖（José Echegaray，1832—1916），1832 年 4 月 19 日出生于西班牙首都马德里，家境富裕。1854 年，埃切加赖从马德里土木工程学院毕业后留校任教，任教期间完成了《现代物理理论》《解析几何问题》等学术专著。埃切加赖不仅在数学领域建树颇丰，还对政治经济学有着浓厚的兴趣，对以自由贸易为代表的进步经济观点十分拥护，常常在杂志上发表经济领域的相关文章。1868 年，西班牙革命成功，波旁王朝垮台之后，埃切加赖积极投身于政坛，先被选为国会议员，后又被任命为政府内务大臣、公共事业大臣、财政大臣等，成为西班牙政府中举足轻重的人物。他在担任财政大臣期间，一手促成了西班牙国家银行的成立。后来，他还担任西班牙国家银行行长。

1874 年，波旁王朝复辟，埃切加赖的政治生涯跌入低谷。于是，42 岁的埃切加赖辞去所有社会职务，投身于戏剧舞台艺术的创作之中。同年，《单据簿》公映并大获成功。此后，他以极高的效率在 30 年间创作了上百部风格迥异的剧本，其中包括《复仇者的妻子》（1874）、《或狂狷或神圣》（1877）、《伟大的牵线人》（1881）、《疯狂的上帝》（1900）等十分著名的作品。埃切加赖投身戏剧事业之时，西班牙戏剧陷入萧条和没落，他加入之后，为西班牙戏剧的复兴做出了卓越的贡献，也因此成为 19 世纪末期西班牙最伟大的剧作家。

埃切加赖早期的作品以浪漫主义题材居多，大多反映了西班牙上层社会的年轻人为爱情和自由的不懈抗争，比如《在剑柄里》（1875）就通过对传说中唐璜和儿子争夺年轻女子劳拉的描述，反映了当时西班牙国内资产阶级在成长阶段的精神模式。19 世纪 80 年代以后，埃切加赖的作品受到挪威易卜生的影响，逐渐转向现实题材，通过讽刺、隐喻等方式揭露社会中的重大问题，创作的作品更多偏向于"社会问题剧"的方向，这类作品的代表作包括《伟大的牵线人》（1881）、《唐璜之子》（1892）等。

埃切加赖对于西班牙下一代剧作家有着十分深远的影响，他所提出的"为舞台的戏剧化"的创作理念得到了后人的广泛认可，并且在西班牙下一代戏剧家的作品中有着明显的印记。在他的影响下，西班牙戏剧创作得以复兴，也涌现出马丁内斯等优秀的下一代剧作家，为西班牙戏剧成就了世纪之交的黄金时代。

埃切加赖的一生实际上有三种不同但都光芒万丈的职业形象：40 岁之前，他在数学领域取得了丰硕的成果，以数学家的身份获得了极高的声望和荣誉；此后，他以政治家的身份一度成为西班牙政坛炙手可热的人物，被公众认可；在他的后半生，他又以一个伟大的戏剧家的身份获得了世界的认可和赞誉。

1916 年 9 月 16 日，埃切加赖在西班牙马德里因病逝世。第二年，他生前所写的《自传》正式出版。

授奖词

瑞典学院常任秘书　C.D.威尔逊

你一定要熟悉西班牙的历史变迁，也一定要了解其如今社会的实际情况，才能真正去理解现代西班牙戏剧。西班牙戏剧和英国戏剧一样，都是在古希腊戏剧之后发展起来的。古希腊的戏剧璀璨耀眼、光荣伟大。这两个国家的戏剧也有其与众不同之处。西班牙戏剧长久以来都有两个对比非常强烈的倾向：第一，它所蕴含的想象绮丽绚烂、丰富多彩；第二，它的结构精巧、文体讲究，其中还掺杂着传统的诡辩之术。想象的绮丽和巧妙的修辞，二者的对比十分鲜明。语言的惊心动魄和情节的复杂奇异交织成一部震撼人心的戏剧，其中的人物性格热烈奔放，对话掷地有声，整个戏剧充满了激烈的冲突，最后的结局常常是出人意料的悲剧，舞台效果十分感染人。无穷无尽、热情不息的内在生命力，这就是西班牙戏剧的不同之处。它那绮丽丰富的想象力和惊心动魄的语言，并没有影响尊贵荣誉和严肃主题的表达，在作者那高超的创造性写作中，语言雕琢的刻意和情感创造的真实自然而然地融为一体。

今年的诺贝尔文学奖获得者之一，便是这光辉而又独特的西班牙戏剧传统的继承者。现代社会孕育了这位优秀的作家，他对社会的见解亦十分独立。他是一位热爱自由的作家，对饶恕和包容孜孜以求。他的灵魂中保留着自古以来西班牙戏剧家们的标记，这非同寻常的热情和尊严是西班牙戏剧历史的特殊印记，但是他与独裁统治和阶级斗争又水火不容。这样的见解迥异于卡尔德隆[①]对世界的看法。这位作家就是何塞·埃切加赖。他非常熟悉如何表现戏剧中的矛盾，那就是通过不同的人物性格和人物理想来呈现，从而使戏剧更加扣人心弦，也更加令人着迷，这正和自古以来的西班牙戏剧前辈所做的相一致。另一方面，他和那些前辈一样，热衷于探讨人们的内心良知，因为人心复杂，良知也呈现种种不同的情况。观众能够被埃切加赖的作品引起悲伤和害怕的情绪，这是因为他能够运用娴熟的手段表现悲剧的基本效果。从这里不难看出，埃切加赖是一位伟大的戏剧大师。他能够和古代西班牙的戏剧大师们相媲美，因为他完美地融合了最鲜活灵动的想象和最精巧奇妙的艺术。正因为如此，一位对他并不认同的批评家形容他为"就是一个绝对的西班牙人"，这是十分恰当的形容。他的思想独立，世界观也并不狭隘，因为他的责任感已经被现代社会净化。他的人生理念是仁慈为怀，他的道德英雄主义在保留国家特点的同时，又存有一种普遍的人性。

埃切加赖于1832年出生于西班牙首都马德里，他的父亲在穆尔西亚的学术机构中从事古希腊研究，所以他在穆尔西亚度过了他的

①卡尔德隆·德·拉·巴尔卡（1600—1681），西班牙黄金世纪戏剧两大派之一的代表人物。

童年时光。埃切加赖 14 岁时中学毕业，然后进入土木工程学院。在这里深造的时候，他孜孜不倦地学习，能力技巧亦十分高超，这一切都让大家非常钦佩。1853 年，即他进入土木工程学院五年之后，他以优异的成绩完成了学业。数学和机械这两门科目是他最喜欢的，他在这两门科目上的钻研十分精深。正因如此，他的母校在一年之后聘请他为教授。前几年，他的生活十分窘迫。为了维持生计，他只能去做家庭教师或者私人授课的工作。在这样贫困的生活中，他依然迅速成长为一位优秀的教师、一位卓越的工程师，这是因为他最重要的成就体现在基础数学和应用数学两方面，在同行之中亦属出类拔萃之人。与此同时，政治经济学也是他非常热爱的学科，其中的自由贸易理论很吸引他的注意。不久，国家便邀请这位才华超众、积极活跃的工程师担任最崇高的职位，并且他三度担任内阁政府部长。在处理国家财政和公共事务中，他的能力是其他人不可逾越的——这是熟悉他的人都一致认为的，无论是他的朋友，还是他的敌人，都对他的能力十分敬服。

人们对他的惊叹不仅源于他发表了无数关于解析几何、物理学、电气学的优秀论文，而且还源于他在剧本写作上的充沛精力。据说，人们在他的剧本手稿上看到写着习题和方程式。由此不难看出，这是一位天才式的人物，崇拜者们赞美他那与众不同的创作方式，但是也有人严厉指责他的独树一帜。有赞美，有指责，但是无论是崇拜者还是反对者，都众口一词地对他戏剧中的道德感表示钦佩。有的批评家以外科医生的例子批评他的戏剧创作手法，认为他只会"包扎"和"开刀"，这样的批评就算有的放矢。不过，这种戏剧创作手法将沉静的思考和严肃的批判以浪漫的方式升华了，其中对妥协的谴责带着一种神圣的光辉，这无疑是值得肯定的。

埃切加赖在追求成功的道路上，用心倾听的是那些对他的天才予以真正鼓舞的话语，而非人云亦云的赞赏。读他的戏剧作品，你会联想到维迦[1]和卡尔德隆，因为他的作品和这两位戏剧大师的作品一样，都是如此丰富多彩。

埃切加赖年轻的时候就热衷于戏剧。那时候，他还在土木工程学院学习。为了买戏票，他将积蓄的零用钱几乎都拿出来了。1865年，他发表了《私生女》的剧本。1874年，他又发表了《单据簿》。不久，人们就发现，这两部用笔名发表的剧作的作者竟然都是埃切加赖，当时的他已经在西班牙内阁中担任财政部长。几个月之后，随着《最后之夜》的公演，埃切加赖越来越多的作品也相继问世。有一年，他甚至完成了三四部剧本，这令所有人都为之惊叹。他那丰富的想象力源源不断地奔涌，为观众呈现了很多优秀的剧作。这些剧作无法——列举，但是在这里，还是要介绍几部非常受重视的戏剧。埃切加赖凭借1874年11月发表的《复仇者的妻子》一举成名，大家一致认为，黄金时代西班牙戏剧的伟大在这部剧中得到了呈现，国家戏剧诗最辉煌时代的革新者当属埃切加赖。他那无与伦比的天分在这部剧作中展现得淋漓尽致，情节虽略有夸大，却依然引人入胜，十分精妙。1875年，埃切加赖发表了《在剑柄里》一剧，这部剧将伟大的力量蕴含于高尚的思想中，观众同样对此剧大加赞美，满含激动之情，台上的表演和观众的喝彩齐声共鸣，掌声经久不息。谢幕的时候，埃切加赖本人连续出场七次以答谢观众。1878年，埃切加赖发表了引发争议的《在柱子和十字架上》一剧。在这部剧中，作者把本人表现为拥护思想自由、尊重人性之人，抨击极端主义，

---

[1] 洛卜·德·维迦（1562—1635），文艺复兴时期西班牙成就最大的戏剧家，是西班牙民族戏剧的奠基者，号称"西班牙戏剧之父"。

反对狂热的宗教信仰，抵制独断专行。1882年，埃切加赖的《两种责任间的冲突》发表，这也是他的代表作之一。在他的每部作品中都有责任冲突的表现，但是和其他剧不同的是，在这部剧中，责任的冲突表现得极其尖锐，在所有的冲突中，责任的冲突成为最重要的冲突，可以说是将此冲突呈现得非常极端。1877年1月公演的《或狂狷或神圣》和1881年3月公演的《伟大的牵线人》这两部戏剧，让埃切加赖在文学艺术史上流芳百世。《或狂狷或神圣》蕴藏了丰富的思想，展现了作者广博深邃的才华。此剧描述的是一位被所有的人都认为是疯子的人，他被世人甚至朋友像对待疯子那样对待，而他其实是一位因为正义而放弃世俗财富和个人前程的人。主人公洛伦佐在一个意外的情况下得知，自己不能合法地拥有名声和财富，当他确定了这一点后便毅然放弃了它们。至高无上的法律不允许他有这样的想法，可是他还是不改初衷。这样的行为无疑是一种理想主义的行为，却被别人认为是一种疯狂。洛伦佐虽然十分固执，但是他的心地非常单纯，他也就被世人视为堂吉诃德。这部戏剧显然出自一名工程师之手，因为作者将建筑艺术注入了这篇作品的构思之中，此剧不但拥有稳固而又结实的结构，而且所包含的元素经过了作者精确的计算，又在作者的创作天分中精巧地布局全篇，这也使得观众欣赏到了更高层的一面。这部剧不但包含着外在冲突，也描述了一位极为悲哀的人物的内心冲突。洛伦佐在神圣的义务和机会主义的斗争中，顺应理性的召唤，最终选择了殉道。一个人如果忠实地服从自己的理性，那么，他定然要承受殉道的命运——这是现实的经验告诉我们的事实。

　　给人留下更深刻印象的是《伟大的牵线人》一剧，观众对这部戏剧表达了最诚挚的敬意。公演后的一个月内，这部剧的剧本连续再版五次以上，全国预演的热潮也火热不息。此剧的伟大之处在于对人物心理的卓越描绘。谣言给人带来的毁灭性后果是这部剧的主题。在乌烟瘴气的充斥着谣言的环境中，哪怕是最纯洁的人也会受到污损，甚至变得畸形。埃内斯托和特奥多拉之间从来都是纯洁的姐弟之情、朋友之谊，所谓的苟且之事从未发生。但是这个世界不允许他们纯洁之情的存在，所有人都判定他们两人有罪，他们被这个世界抛弃，被亲人误解，只能在彼此的怀抱中得到慰藉。这两个最纯洁的人物都有着高贵的灵魂，他们本无意剥夺对方的权利，但是在生活的点滴细节中，两人对彼此产生了感情。在家人的逼迫下，他们被逐出家门，也看清了存在于他们之间的爱情。本剧就是通过对这些细节细致入微的观察，才更淋漓尽致地展现了戏剧人物丰富细腻的内心。细致的抒情情节穿插于无与伦比的绮丽戏剧诗和天衣无缝的结构之中，浪漫主义在这部剧中获得了胜利。

戏剧创作是埃切加赖一直以来坚持不懈的工作。今年（1904年）他的新作《不安的女人》问世，这是一部洋溢着诗意的天才之作，是充满着灵感的大师手笔，该剧第一幕的提示以及剧作中详细的叙述，令读者惊叹不已。剧中人物堂·毛利西奥是埃切加赖非常喜欢的典型骑士形象，他不愿意为了个人的幸福而放弃履行自己职责的义务。

埃切加赖的作品充溢着蓬勃的活力，远大的理想蕴藏于其独特的观察之中，诺贝尔文学奖授予这位伟大的诗人是名副其实的。一位著名的德国批评家评价说：“不管什么时候，埃切加赖都会履行他的权利与义务。”

在《伟大的牵线人》一剧中，埃切加赖借其中一个人物之口，道出了这世间最悲观的一句话：

直到他们去世三百年以后，
人们才开始理解这些伟大艺术家们的作品，
大家对他们有了新的认识，
社会到那时才会尊重他们。

　　无论是从上面那些一般性论述的说明来看，还是从埃切加赖的作品所引起的公众赞誉来看，这样的话无疑会在这个世界上发生。瑞典学院同意增添一个获奖名额以示敬意，将诺贝尔文学奖颁发给何塞·埃切加赖——这位饱受赞誉的伟大诗人、西班牙科学院的荣誉与光荣。

　　按：埃切加赖没有出席颁奖仪式，故获奖致辞从缺。

目　录

致　辞

　　谨以此剧献给诸位，因仅靠我一人之力绝无法达成此剧的成功，全仰赖诸位的精诚合作。献给每一个人，这是我的心愿。

　　献给所有的观众，因为你们的鉴赏能力是如此的高超，品德又是如此的高尚，自此剧第一次演出以来，就和我通过戏剧进行了思想的交流和沟通，并给予了这部戏剧极大的支持和青睐。

　　献给报界，你们对我如此的慷慨，给予我无限的关爱和同情，你们对我的包容和理解我永远都会铭记在心。

　　献给所有的演员，你们的演技高超、表演细腻，和我心意相通，完美地展现了戏剧的精髓。你们不但能够主持公道、掷地有声、义正词严，还能够俏皮地表现戏剧中的幽默场景，让人莞尔一笑，甚至连舞台上偶尔发生的错漏，你们都能够不动声色地避开，丝毫没有引起舞台的混乱。正是这完美的表演，使得剧中的人物鲜活地存在于这个舞台之上。

　　我能够献给你们的，只有这不足挂齿但却真心实意的感谢。我永远都不会忘记诸位给予我的支持和帮助。

衷心地感谢诸位，谢谢你们每一个人。

——何塞·埃切加赖

本剧主要人物

特奥多拉

堂·胡利安（特奥多拉的丈夫）

堂娜·梅塞德斯（堂·塞维罗的妻子）

堂·塞维罗（堂·胡利安的弟弟）

佩皮托（堂娜·梅塞德斯和堂·塞维罗的儿子）

埃内斯托

证人之一

仆人甲

仆人乙

年代：18世纪

地点：马德里城

序幕

〔舞台上是埃内斯托的书房，门在书房的右侧，阳台在书房的左侧，书桌在书房的中央。书桌上有一盏油灯、一摞摞的书和很多的稿纸。

第一场

人物：埃内斯托

〔埃内斯托坐在书桌前，他正在构思一部剧本。

埃内斯托　我什么都想不出来，什么都写不出来！我的天哪！这对我来说简直是不可能发生的事情！但是，这种不可能发生的事情发生了。我一定要和这样的事情做斗争，而且我要勇敢地战胜它。等一下，我的脑中有灵感了，灵感出现了，我的脑海里上下奔涌着灵感。我能够感觉到，灵感就在我的脑中，就在这里。有时候我甚至能看到灵感的光芒，它在我的脑海中闪耀着。灵感出现了，可是它的形状却很模糊，它就在我的脑海中漂浮着，我却抓不住它。突然，我听到了一阵声音——这呻吟是那么痛苦，这叹息是那么温柔，这狂笑是那么疯癫……这声音从灵感隐藏的地方发出来。我的大脑也活跃起来，无数的灵感在我的大脑中碰撞着，创作的热情迸发出来。我感觉到这热情在我的四周渐渐蔓延开来。我自言自语："是时候动笔写作了！"稿纸已经铺好，笔也已经准备好，我马上拿起笔，屏住呼吸，全神贯注，准备写作。但是到头来，却是什么都写不出来！我就这么被耍了！我的四周什么都没有了。我看不到灵感出现时的光芒，甚至是模糊的形状。我也听不到灵感发出的声音，没有呻吟，没有叹息，也没有狂笑。我拥有的，只是一张一片空白的稿纸。我的大脑不再活跃，整个人也变得心灰意懒，更让我烦躁的是，我竟然使唤不动我用来写作的笔了。我面前这张稿纸一个字都没有，它就是一张没有任何意义的白纸。"空白"总是为难我们这些创作者，它们默默地用各种各样的方法让我们苦恼——可能是一张空空如也的画布，可能是一块未经雕琢的石头，可能是一阵没有旋律的噪声。可是，这支不听我使唤的笔比这些"空白"更让我心烦意乱，我对这支笔真的是无能为力了，我恨这支笔！我也恨这张稿纸，你为什么一个字都没有？虽然我没有在这张纸上写一个字，但是我还可以撕碎它，就是这张空白的稿纸，让我的雄心壮志不能实现！好，我撕碎你，把你撕得粉碎！（撕稿纸，突然停住）我为什么要撕稿纸？太丢脸了！这样乱发脾气真是太可笑了，让别人看见怎么办？我应该控制自己，我不能对困难妥协，我从来都不是一个知难而退的人。好吧，我还是再找找灵感吧！让我想想，让我想想，看灵感能不能再出现。

人物：埃内斯托、堂·胡利安

〔在舞台的右侧，书房门外，站着堂·胡利安，他身穿一件庄重正式的礼服，手臂上搭着一件外套。

堂·胡利安 （站在书房的门口，探身向屋里张望）埃内斯托，你好哇！

埃内斯托 堂·胡利安。

堂·胡利安 我这样耽误你创作了吗？你还在构思剧本吧？希望我没有打扰到你。

埃内斯托 （从椅子上站起来）你这样说真是太见外了。怎么会耽误我呢？我可以向你保证，你绝对没有耽误我的创作。你请进来吧！别站在门口了，我们在书房里说话。特奥多拉没有和你一起回来吗？我怎么没有看到她？（堂·胡利安走进书房）

堂·胡利安 堂娜·梅塞德斯买了些东西，特奥多拉想去看看，就去三楼了，和我的弟弟塞维罗一起去的。我和特奥多拉刚刚回到家，今天晚上皇家剧院有戏剧演出，我们一起去看戏了。经过你的书房回我自己房间的时候，看到灯还亮着，我想你可能还没有睡觉，就想过来和你道一句晚安。

埃内斯托 很多人去皇家剧院看戏吧？人是不是很多？

堂·胡利安 没错，很多人去看戏，和平日里一样，永远都是那么多人，从没有少的时候。我们认识的朋友看到你没有和我们一起去看戏都很奇怪，他们就问我你怎么没有来。你没去看戏真是一件稀奇的事儿。

埃内斯托 谢谢他们的关心，我真没有想到他们那么关注我。

堂·胡利安 你太谦虚了。我觉得仅仅是关注你还不够，你能让更多的人认识你。所以，我们的朋友关心你是再正常不过的事情了。我们出去了三个小时，就你一个人在家，是不是很安静？你的创作灵感是不是让你写出了一部有意思的剧本？快让我看看。

埃内斯托 唉，别提了。我一个人孤零零地在家什么都没有写出来。我连灵感的影子都没有看到，你看，今天晚上我一个字也没写出来。空白的稿纸，空空如也！我祈祷着、哀求着、盼望着，灵感却连理都不理我。

堂·胡利安 灵感这次没有来找你吗？

埃内斯托 很遗憾，灵感没有来，这种事已经发生过很多次了。不过，我觉得今天晚上也算没有浪费，虽然我一个字都没有写出来。因为，我发现了一件非同寻常的事情。

堂·胡利安 非同寻常的事情？

埃内斯托 这件非同寻常的事情就是——我是一个魔鬼！

堂·胡利安 确实非同寻常，你发现的这件事情真是让人惊讶。

埃内斯托 我是一个十足的魔鬼，这绝对是真的。

堂·胡利安 你总是为难自己，和自己过不去。就是因为你发现的这件事情，才阻碍了你的剧本创作吗？

埃内斯托 是的，这件事情让我无法创作剧本。我相信我一定能写出来的，但是我只能靠我自己，谁也帮不了，连上帝都无能为力！

堂·胡利安 埃内斯托，你不是魔鬼，你是一个好人。现在，灵感和你作对，剧本也和你过不去，它们联合起来折磨你。告诉我，今天晚上究竟发生了什么事情？

埃内斯托 我当时正在构思一部剧本，已经安排好了丰富的舞台布置，处理好了情节的分幕分场，一切都准备好了，一部剧本就要诞生了。但是，我正要下笔写剧本，竟然一个字都写不出来了！这就是这件事最关键的地方，剧本构思好了，我却一个字都写不出来！

堂·胡利安　我不明白你说的意思，什么是"一个字都写不出来"？我很想知道你究竟怎么了，跟我说一说吧！（堂·胡利安坐在书房的沙发上）

埃内斯托　在一部戏剧里，主角的作用是至关重要的，他是这部戏剧的灵魂。有了主角，戏剧的情节才能发展，事件才能进行，冲突才能被制造出来。这些你是知道的。可是，我现在却写不出这样一位主角，这样一位制造冲突并在冲突中受折磨的主角，我一个字都写不出来。

堂·胡利安　这位主角是一个丑人？一个坏人？还是一个令人讨厌的人？

埃内斯托　不，我的意思不是这样的。他和我们长得没什么区别，并不是一个丑人；他不是一个坏人，也不算一个好人；他也不是令人讨厌的人。他和我们都一样，没什么特别。因为无论我的生活是什么样子，我都没有失望过；无论我的世界发生了什么，我都没有怀疑过，也不曾愤恨过。

堂·胡利安　那么，到底为什么会发生这样的事情？

埃内斯托　亲爱的堂·胡利安哪，那是因为我创作的人物不能全部放到舞台上，这个舞台太小了！

堂·胡利安　我的天哪！你究竟在说什么呢？你写的这部剧是一部神话剧吗？神话剧里有泰坦这样的巨人，他们太大了，放不到现在的舞台上。你的戏剧中也有很多巨人吗？

埃内斯托　没错，我把他们叫作"当代巨人"。

堂·胡利安　这样的当代巨人有多少个？

埃内斯托　巨人实在是太多了，因为我的这些戏剧人物全部都是当代巨人，全部都是！

堂·胡利安　我的天哪，全部都是！全都是当代巨人的戏剧人物肯定不能全部放到舞台上。这样的事实不容争辩，这样的真理经过了无数次的证实。

埃内斯托　你看我刚才说得没错吧？就是不能把所有的人物全部放到舞台上，所以我的剧本一个字也写不出来。

堂·胡利安　我觉得你说得并不是全都正确的。典型人物可以代表某些人的特征，所以你不用写所有的人，只需要写典型人物就可以了。当然了，这些我不是很懂，但是我听说很多戏剧家都是这么做的，连那些戏剧大师也是写典型人物，而不是写所有的人。

埃内斯托　你说得确实没错，我知道。但是在我的戏剧里，在我设置的舞台上，我不能这样做，我不能只写典型人物，不写所有的人。

堂·胡利安　我不明白这是为什么。

埃内斯托　有太多的原因了。如果要说明这个问题，可能需要很长的时间。可是你看，现在已经是深夜了，我不能耽误你的时间向你说明了。

堂·胡利安　不用在意，我想听听你的解释，你可以将几个重要的原因说一说。

埃内斯托　我称之为当代巨人的这个角色，就是我们大家，我们生活中的每一个人，全部的人。你看这个巨人有无数的眼睛、无数的头，还有无数的手。他的每一个眼睛都要转动，每一个头都要说话，每一个手都要做动作。在这部戏剧里，这些动作占据的时间并不长，甚至只有几秒钟。这样，这部戏剧就没有了任何意义，也没有什么激情，更别提什么残暴的场景了，甚至没有让大家娱乐的作用。

堂·胡利安 这会发生什么呢？

埃内斯托 这部剧包含着全部的东西，每一样东西都是这部剧的焦点哪。这些台词虽然毫无章法，演员们的眼神一闪而过，微笑也是心不在焉，还有那些恶作剧，但是戏剧的火花就是这些东西呀。当一个家庭凝聚了所有的火花，当一部戏集中了每一个焦点，一定会引发一场大火，产生一次大爆炸。你想想看，这会有多少的牺牲者？如果我用典型人物的方法代表"全部的人"，我应该怎么做？我需要让"全部的人"这样的典型人物把原本分散在每一个人身上的特点集中起来，典型人物就有了全部的特点。你知道这会造成什么后果吗？这些典型人物的台词和动作都会变得无凭无据，舞台上都是不真实的、让人讨厌的角色。观众们还以为这部戏剧是为了表现社会的腐朽和残酷，可是表现日常生活的司空见惯才是我创作这部戏剧的初衷，我可不能冒让观众误解的风险。想要这部戏剧的效果非同凡响，我只需要不断积累那些微不足道的情节，充分展现每一个小小的动作，再加上社会冲突的奇妙影响，足够了！

堂·胡利安 行了行了，不要再说。你说的这些东西真是太虚幻了，我捉摸不透。就好像这些东西被大雾笼罩住了，只能看到一点儿模糊的影子，根本看不清楚。聊戏剧，我是个外行，你才是内行，我比不上你。但是你要是和我聊经济问题，像什么股票哇，期货呀，那我就比你在行多了。

埃内斯托 你这样说就太谦虚了。你在戏剧上的鉴赏能力非常高，对我来说这才是最重要的。

堂·胡利安 过奖了，埃内斯托。

埃内斯托 那我说的这些能打动你吗？

堂·胡利安 还没有，至少现在还没有打动我。不过，这个问题应该能解决，我们还可以想想其他办法。

埃内斯托 如果一个办法就能解决这个问题就好了。

堂·胡利安 你觉得还有其他办法吗？

埃内斯托 我想会有的。我想问你一个问题，每一部戏剧都有支撑它的支柱，那么什么是一部好戏剧的支柱呢？你能告诉我吗？

堂·胡利安 你问的这个问题太专业了，我是个外行，我说不清楚。但是，我可以讲一下我这个观众的感受。我不喜欢的戏剧就是没有爱情的戏。如果一部戏里没有爱情，我不会看的。我非常喜欢的戏剧类型就是爱情戏，特别是那种有不幸的爱情的戏剧，我很爱看。因为我拥有幸福的爱情，这就是我和特奥多拉的爱情。幸福的爱情我体验过，我想要在戏剧中体验不幸的爱情。

埃内斯托 你的观众感受说得太好了。但是，爱情不会发生在我现在创作的这部戏剧中，爱情不可能发生。

堂·胡利安 那这就糟了，这部戏剧不会是一部好戏了。我不知道你这部戏剧写了什么，但是我觉得它很可能不会受观众欢迎，大家可能不会喜欢它。

埃内斯托 忌妒的心理就是爱情让人产生的，我以前和你说过。

堂·胡利安 那你写剧本的时候就写一些生动的场面，还有宏伟的效果。

埃内斯托 亲爱的堂·胡利安，绝对不能这样写！生活中最平常的情节，最简单的场景，甚至是有些俗不可耐的内容，这些才是这部戏剧需要的内容。只有充分发展戏剧自身的情节，表现出戏剧人物的性格，观众才会喜欢看这样的戏剧。观众被好戏吸引着，他们进剧院看戏，他们被戏剧占领了心灵，被戏剧无形的力量所征服。

如果仅仅依靠着外在的表现形式，这部戏是吸引不了观众的。

堂·胡利安 这些话很有道理，可是，你怎么让你的戏剧做到这样的效果呢？戏剧怎样才能用无形的力量征服观众？怎么才能占领观众的心灵呢？我们进剧院看戏，就得认真观察舞台上每一个演员的动作，留意他们说的每一句话，注意他们的每一个眼神。一个晚上我们就看这些吗？这也太累了！哲学家要做到这样细致的观察都不容易，更何况我们这些观众呢！我们看戏是为了娱乐呀，可不是做什么哲学研究。

埃内斯托 我现在需要解决的，就是你这样的疑惑。

堂·胡利安 哦，亲爱的埃内斯托，别泄气，这不是我想表达的意思。我没有怀疑你的创作能力，你想要的这种戏剧你一定能写出来。但是按照你说的意思，你写出来的不就是一本让观众没有任何兴趣的剧本吗？你可以改变一下剧本，让故事的结局以不幸结束，让矛盾的冲突更激烈一些，这样可以吗？

埃内斯托 一部戏落幕的时候，也就是不幸的结局和激烈的矛盾冲突开始的时候。

堂·胡利安 我明白了，你是想说，一部戏的真正开始，是在它结束的时候？

埃内斯托 我原本希望我的剧本能够吸引你，但是我不得不回答你，确实如此。

堂·胡利安 如果一部戏的结束就是开始，那么最开始的剧本就是无足轻重的了，重要的是之后的剧本。最开始的这部戏演出结束的时候，就是之后的戏开始的时候，这才是真正的情节发展和矛盾冲突的地方。如果这样进行剧本创作，那你就需要写一个连续的戏剧系列了，因为最重要的永远在正在演出的这部戏之后，对吗？

埃内斯托　你说得没错，这正是我的想法。

堂·胡利安　好了好了，这个话题我们就不讨论了，今天晚上就说到这儿吧。对于戏剧创作，你的想法特别，安排得也很有条理，你想要的戏剧你已经考虑得十分详尽了。不过这部戏剧的题目是什么呢？你想好了吗？

埃内斯托　我考虑剧本的时候可没有想过题目的事情，再说了，题目也不会出现在我的剧本中。

堂·胡利安　题目不会出现在你的剧本中？你是在开玩笑吧？我可不相信。

埃内斯托　我不是在开玩笑，事实确实如此，我的剧本没有标题。堂·厄莫赫内斯①说："我只有在一种情况下才会去希腊文中寻找答案，那就是需要一个确定的题目时。"

堂·胡利安　埃内斯托，行了行了，不要再说了。我还想问你呢，我刚从外面回来经过你书房门口的时候，看到你困得都要睡着了，嘴里还在念叨着什么，像说梦话似的，我一句话也没听清。

埃内斯托　你观察得很到位，确实是这样的。我当时打着瞌睡，说的话当然都是梦话。你说得没错。

堂·胡利安　这种事情太显而易见了，很容易就猜中了。你要创作的这部戏剧，出场的角色不是典型人物，发生的事件都是平常生活中再普通不过的，戏剧在结束的时候才真正开始，更让人想不到的是，这部戏竟然没有题目。我的天哪，这是什么样的戏剧呀？你这位剧作家如何写出来这部剧本？演员们在舞台上如何演出？如果真的有这样的戏剧，大家都不会认为这样的戏剧是正剧的。

---

①莱安德罗·费尔南德斯·德·莫拉廷（1760-1828）的戏剧作品《新喜剧》的主人公。

埃内斯托　我的这部戏剧绝对是正剧，百分之百是正剧。只是这部戏剧的外在形式我还没有找到，这就是我现在遇到的问题。

堂·胡利安　我有一些想法，你想听听吗？

埃内斯托　我当然十分乐意听听你的看法。你是我的保护人，也是我的朋友，我愿意听到你给我提的意见。

堂·胡利安　好了，埃内斯托，你自己也知道这样的戏剧一时半会儿写不出来，我们讨论了半天，也没有什么结果。不如今天晚上就到这儿吧，不要再写这部让你头疼的戏剧了。你是不是真心想听听我的想法？

埃内斯托　当然，我真心希望听到你对我的意见。

堂·胡利安　我是真心跟你说这些想法的。今天晚上你就放下笔不要再创作剧本了，快去休息吧。明天早晨起来，你和我一块儿去打猎，我们可以去打石鸡。如果你还在这里写剧本，说不定就杀死了哪一个戏剧人物，观众如果知道了，可不会喜欢这样的戏的。听我的吧，不然以后真发生了这样的事情，你会后悔的。

埃内斯托　我要写剧本，我一定能写出来的。还是你自己去打猎吧，不要带上我了。

堂·胡利安　你为什么一定要这样折磨自己呢？找不到创作的灵感，你就独自在书房里苦苦思索，这不是自寻烦恼吗？

埃内斯托　唉，我也想弄明白这件事情，我不知道发生了什么。这折磨我的戏剧创意就在我的脑子里翻江倒海，它要表现出来，它要一个戏剧的表现形式，可我就是想不出来怎么写。不过，它的要求我一定会满足的，我一定会找到一个合适的外壳给它。

堂·胡利安　如果你不写这个故事了呢？你可以写其他的故事嘛。

埃内斯托　这个戏剧创意已经在我的脑海里定型了，它已经有了大概的轮廓，我要怎么解决它呢？

堂·胡利安　你就把它抛之脑后吧，不要再想它了。

埃内斯托　亲爱的堂·胡利安哪，这可不行。你让我简单粗暴地抛弃这个已经定型完善的戏剧创意，扔掉一个晚上的苦思冥想，就是为了让你满意，让我满意，两个人没有任何的对立吗？我不能做这样的让步。这个剧本是让我非常头疼，但是我必须写出来，等我完成了这部戏剧，我会写其他的剧本的，这是我非常乐意做的。

堂·胡利安　既然你这样坚持，那你就做吧。上帝保佑你，愿上帝助你早日成功。

埃内斯托　哈姆雷特说，这就是问题所在。

堂·胡利安　（放低声音，口气中带着诙谐戏弄）你的剧本不会写你的姓名吧？就像孤儿院里的那些孤儿们，谁也不知道他们的名字，也不知道他们的姓氏，别人也不知道这个剧本是哪个剧作家的作品。

埃内斯托　当然不会，堂·胡利安。我不是狡猾的小人，不会做出这样的事情来。我的孩子都会冠以我的姓氏，无论他们是好还是坏，永远都是我的孩子，我不会否认这个事实。

堂·胡利安　（站起身来，准备离开）我们就聊到这儿吧，该说的我已经都说完了，我也该回去了。这部戏剧一定要创作出来，你可要做到哇！

埃内斯托　我期盼着能够早点儿写出来这部戏剧。我现在还没有创作出来，这是一件悲惨的事情。但是，这样的事情没有那么关系重大，肯定会有人写出来的，也许是我，也许是别人。总之，这样的戏剧早晚都会创作出来的，这就是戏剧的永恒。

堂·胡利安　那请你开始创作吧。不要在别的剧作家写出这样的戏剧之后，你还没有完成。我祈祷你早日成功完成剧本，埃内斯托！

第三场

人物：埃内斯托、堂·胡利安、特奥多拉

特奥多拉 （在舞台外大声呼喊）胡利安！胡利安！

堂·胡利安 是特奥多拉来了。

特奥多拉 堂·胡利安，你在埃内斯托的书房吗？

堂·胡利安 （头伸到书房门外）特奥多拉，我在这儿呢。请到书房里来吧！

特奥多拉 （走进书房）埃内斯托，晚上好。

埃内斯托 特奥多拉，晚上好。皇家剧院的戏剧演出如何？演员们的表现不错吧？

特奥多拉 还是和以前的演出一样。你的剧本写得怎么样了？

埃内斯托 一个字也没有写出来，也和以前一样。

特奥多拉 以后你跟着我和堂·胡利安去剧院吧，不然你每天都不出门，就在书房里思索自己的剧本，这是多么痛苦的折磨呀！我的好朋友们都很关心你，每一个人都在问你怎么没有去看戏。

埃内斯托 原来每一个人都在关注我。

堂·胡利安 这是肯定的，我向来都非常相信这个事实。这里每一个人都将要出现在你的剧本中了。不过他们知道了自己会出现在你的剧本中，还愿意和你做朋友吗？

特奥多拉 （好奇，惊讶）这是新的剧本中出现的情况吗？我很感兴趣。

堂·胡利安 特奥多拉，不要问了，这是一部崇高的戏剧，一部圣洁的戏剧，你只能欣赏，却不能干涉这部戏剧的任何方面。你

不能问它的题目，不能问它的故事发展，也不能问它的结局，什么都不要问。埃内斯托，晚安，祝你好运，早日完成这部戏剧！特奥多拉，我们回去吧！

埃内斯托　堂·胡利安，晚安！

特奥多拉　埃内斯托，再见！

埃内斯托　特奥多拉，再见！

特奥多拉　（对堂·胡利安）今天晚上梅塞德斯似乎有心事，愁眉苦脸的，不知道她经历了什么事情。

堂·胡利安　塞维罗发了很大的脾气，气势汹汹的。

特奥多拉　到底发生了什么事情？

堂·胡利安　我不知道他们怎么了。佩皮托还在旁边说风凉话呢，真是落井下石。

特奥多拉　佩皮托总是这样，别人遇到灾祸了，他反而很高兴。你在他嘴里从来都不会听到他说别人的好话，他只会挖苦别人。

堂·胡利安　埃内斯托的戏剧需要的就是佩皮托这样的角色！

〔特奥多拉挽着堂·胡利安的手臂，从舞台的右侧离场。

第四场

人物：埃内斯托

埃内斯托　我绝对会坚持写完这部戏剧的，这个伟大的戏剧想法一定会实现的。我才不管堂·胡利安说什么，他夸奖我也好，批评我也好，我不管！我不会退缩的！否则，懦夫也被当作英勇伟大的人了。不，我不能放弃，我绝不能放弃！我要向前，一直向前，我只能坚持！（从椅子上站起来，急促地在屋里来回地走，最后来到书房左侧的阳台）请你给予我创作的灵感吧，仁慈的黑夜呀！在你黑色的怀抱中，我的戏剧灵感会源源不断，我的创作才华会喷薄而出，这是我在白天所不能做到的。我在创作一部伟大的戏剧，我需要看到这座城市中的每一个人。住在马德里城的男女主角们，在你们忙完了白天的工作和活动之后，晚上是如何打发时间的？那个瘸腿的魔鬼曾经将你们的屋顶打开，我现在也需要你们打开屋顶让我看到你们的生活。关于我，堂·胡利安和特奥多拉以前说过什么，让我灵敏的耳朵去听一听吧。耀眼的焦点由千万条的光线凝集而成，雄伟的高山由数不清的沙砾筑成，汪洋大海由无穷无尽的水滴汇聚而成，而我的戏剧需要将你们的每一句话、每一个词、每一个字都会合起来，将你们在剧院、咖啡厅打发时间时说过的无足轻重的话会合起来，它们都是我的剧本需要的台词。不只是你们的一言一语，我还需要你们笑容里的含糊，眼睛里的浮动不定，动作里的漫不经心。我就像一块玻璃透镜，虽然打磨得不够精细，但我也能将这些戏剧的光芒聚集在一个焦点上，引发出壮烈的大爆炸！我的脑海里已经闪现了戏剧的灵感，我的笔下正在奔涌出剧本，题目也已经出现了。那来自佛罗伦萨崇高诗人 ① 的永恒诗篇，那来自弗兰齐斯嘉和保罗 ② 的悲惨爱情，我已经看到了，透过桌上这摇曳着晦暗光线的煤油灯，

①但丁，意大利著名诗人，出生于意大利佛罗伦萨。他被认为是中古时期意大利文艺复兴中最伟大的诗人，也是西方最伟大的作家之一。
②弗兰齐斯嘉和保罗是但丁在其著名长诗《神曲》的《地狱》篇第五歌中所描写的人物。诗人在地狱第二层遇到两人的灵魂，以爱的名义进行召唤，弗兰齐斯嘉告诉了诗人自己的爱情悲剧。弗兰齐斯嘉是当时意大利腊万纳的封建主圭多的女儿，1275年和相貌丑陋、身有残疾的里米尼的封建主简乔托结婚，这是一场政治婚姻。简乔托的弟弟保罗年轻帅气，代替哥哥迎亲，弗兰齐斯嘉事后才知道被骗，已经无法后悔。后来二人相爱，被简乔托发现，当场杀死了他们。

我看到了戏剧的灵感！（走到桌子旁，拿起笔准备写）好！我要开始写这部剧本了！第一幕已经有内容可写了！题目也想到了，（在纸上迅速地写着）伟大的牵线人①。

〔幕落。

---

① 本剧的原题目名为《伟大的加勒奥托》。弗兰齐斯嘉和保罗在一起时经常读的一本书是《圆桌故事》，这是一本记载亚瑟王及其圆桌骑士故事的书。亚瑟王是英格兰传说中的国王，率领圆桌骑士统一了不列颠群岛。这本书中有一篇《湖上的朗斯洛》，描述的是亚瑟王麾下最主要的骑士朗斯洛，他和亚瑟王的工后桂妮维亚相爱，而促成这一恋情的是朗斯洛的好友加勒奥托。因此，"加勒奥托"又引申为"媒人"。

第一幕

〔舞台上是堂·胡利安家的客厅。远景中是一扇关闭的大门，一条走廊与大门相连，餐厅的门在舞台更深处的地方。在第一幕没有落幕的时候，这扇大门一直不会打开。中景中，舞台的左侧是一扇门，右侧也是一扇门。近景中，舞台的左侧是一个阳台，右侧是一扇门。一个长沙发在舞台前方的右侧，一张小矮桌和一把扶手椅在左侧。客厅所有的陈列摆设都非常讲究、奢华。

第一场

人物：特奥多拉和堂·胡利安

〔特奥多拉站在阳台上，向远处望着。

堂·胡利安坐在长沙发上，沉浸于思考中。

特奥多拉 日落西山，遍洒余晖，

醉人的晚霞，耀眼的太阳，瑰丽的天空，

这确实宛若

深情吟咏的诗歌所描述、

严肃厚重的史书所记载的一样：

神秘浩瀚的宇宙如同蓝宝石一样深邃，

我们的命运被宇宙中的星辰掌握，

所有人的未来由它预言。

如果真是这样，

我们在这和风习习、阳光灿烂的下午，

预言我们未来的生活，

等待我们的是什么样的好运？

赐予我们的是什么样的美好？

万道霞光渲染着我们的天空，是何等绚烂？

幸福美满将会怎样充实我们的每一天？

你也是这样希望的吧？（身体转向堂·胡利安）

亲爱的胡利安，你在沉思什么？

我的问题你还没有回答。

堂·胡利安 （漫不经心地）什么问题？

特奥多拉 我刚才说的话你都当耳旁风了吗？

堂·胡利安 亲爱的特奥多拉，

我对你向来百依百顺，从不违背你的话。

在我的内心中，你就是最重要的。

你就如同磁铁一样，吸引着我所有的目光。

不过，偶尔也有这样的时候，

总会在每天的生活中发生一些鸡毛蒜皮的小事，

让人对生活产生苦恼和担忧，

我的目光也从你的身上转向其他地方。

特奥多拉　原来是这样，你苦恼的是生活中的小事，

你是一个专一的人，不会移情别恋，

你对我的感情始终如一，不会背弃承诺。

既然如此，我为什么不放心呢？

胡利安，纠缠你的是什么事情？（非常亲密地）

你因为这件事情而分心，

因为这件事情你不声不响，一句话也不说。

亲爱的胡利安，到底是什么在折磨着你？

我的直觉已经告诉了我，

当你觉得快乐的时候，就是我幸福的时候；

当你为生活苦恼的时候，就是我需要帮你承担痛苦的时候。

堂·胡利安　幸福就是你生活的代名词，我又怎么会不快乐？

正如你所说，你的幸福就是我的快乐。

你在快乐的海水中自由自在地畅游，

这海水将我包围，

你展现着健康而优美的体魄、优雅而欢快的身姿，

这美丽让我沉醉。

你的双眼是通向你内心世界的窗口，

它们如同火焰一般明亮，如同星辰一般耀眼。

最让我骄傲的是，

如此完美如此幸福的你是真正属于我的。

这个世界上即使有再多的烦恼、忧虑和难过，

都不会是我成为世界上最快乐之人的阻碍。

特奥多拉　是因为生意烦心吗？

有没有不顺利的事情？

堂·胡利安　金钱这个东西，

从来没有为难过我，

我也从没有因为金钱，

食不下咽，辗转反侧，坐立不安，忧心忡忡。

但是，我对金钱的态度始终如一，不曾改变，

那就是不崇拜金钱，也不厌恶金钱。

但是金钱是如此的温顺，

它像驯服的羔羊走进金库，无穷无尽，

它像悠悠的河水流入我家，连绵不绝。

曾经的我，是拥有无数金银的富豪，

现在的我，依然家财万贯，一掷千金，

直到我离开人世，撒手人寰，我的一生都会是荣华富贵的。

这是上帝赐予我的幸运，这是命运对我的恩典，

对此我虔诚地感恩，

堂·胡利安·德·加拉加萨

在不久的将来，将会成为马德里、加的斯①和波多最好的

银行家，亲爱的特奥多拉。

我也许不是最富有的银行家，我的资金不是最多的，

但是再多的金钱，都比不上我诚实守信的声誉重要，

这是最宝贵的东西。

特奥多拉　好，好，好，那我就放心了。但是，为什么，

刚刚我问你问题的时候，

---

①加的斯，位于西班牙西南沿海加的斯湾的东南侧，是西班牙南部的主要海港之一。

你是如此忧虑不安、闷闷不乐？

堂·胡利安 我是在浮想联翩，沉浸在幻想的世界中，
这件事情如此地奇妙美好，让我无法自拔。

特奥多拉 亲爱的胡利安，什么事情让你如此沉醉？
这件美妙的事情究竟是什么？（非常亲密地）

堂·胡利安 刚才你还指责我，现在又来讨好我，
我不需要你奉承我！

特奥多拉 我想知道你在幻想什么美妙的事情，
就请你告诉我吧！

堂·胡利安 现在有一部非凡的佳作，它是如此的杰出，
但是我能做到的，是让它更加完美、更加优秀！

特奥多拉 我明白了，你有一座高大宽敞的厂房，
现在你想要扩大改造它？

堂·胡利安 你理解错了，水泥和钢筋与这件事情毫无关系。

特奥多拉 可是，这究竟是……

堂·胡利安 这项工程出于我们的慈悲之心，
它是如此的纯净和温柔，又是如此的善良和宽厚，
但是，这项工程需要花费很多的时间。

特奥多拉 （发自内心的欢快）我想我已经知道你在想什么美妙
的事情了。

堂·胡利安 真的吗？你已经知道了这件事情是什么了？

特奥多拉 当然了，你心里想的一定是埃内斯托那个孩子。

堂·胡利安 没错，你猜对了，正是埃内斯托。

特奥多拉 埃内斯托！
可怜的孩子呀！

胡利安，这件事情你做得很对，埃内斯托既是一个纯真和善的孩子，又是一个耿直勇敢的孩子！

堂·胡利安　他的父亲就是榜样，

如此忠诚可靠，如此英勇果敢！

我做的这些事情都是为了他呀！

特奥多拉　埃内斯托才华横溢，不知道有多少人羡慕。

他博学多才，见多识广，无所不通。

他是这样难得的天才，却才只有二十六岁，

现在已经让世人惊艳，谁也不知道他以后会获得什么样的成就。

堂·胡利安　才华横溢？确实如此，我并不否认，

但是这就是我最担心他的地方。

他的才华和锐气全都显露在世人面前。

他的智慧无人能及，但是却被异想天开占据了，

二十六岁的年纪，为人处世却没有任何经验。

如今的世界变幻莫测，社会冷漠无情，

无论多么才华横溢，都会被时代抛弃，无人问津。

不计其数的艺术家在挨饿受冻中结束了生命，

直到他们去世三百年以后，人们才开始理解这些艺术家们的伟大作品，

大家对他们有了新的认识，社会才会尊重他们。

如果埃内斯托的戏剧创作失败了，

也许他会失去信心，萎靡不振，不再创作，

这也是我所忧虑的。

特奥多拉　胡利安，你是埃内斯托的保护人，

你一定会好好照顾埃内斯托的吧？

你愿意看着他创作失败、狼狈不堪？

堂·胡利安 好好照顾埃内斯托？

有一个承诺一直铭刻在我的心中，

只要我的心脏还在跳动，还流淌着鲜红的血液，

这个承诺就会永远在我心中：

他的亲生父亲曾经给予我太多的恩情，

如果说这个世界上最难的事情是登天，

那么比登天更难的就是忘记这份恩情。

堂·胡安·德·阿塞多，

宁肯让自己声名狼藉，身败名裂，

倾家荡产，一贫如洗，

连自己的生命都愿意牺牲，

只为了我的父亲能够平安，免于伤害。

我愿意付出我最宝贵的东西，我诚实守信的声誉，

我愿意付出我最珍视的东西，我勇敢无畏的生命，

我愿意慷慨地付出我的一切，

只为了给予埃内斯托这个孩子

最好的生活，最有保障的未来。

特奥多拉 胡利安，我就知道你会这么做，我为拥有你这样的丈夫而骄傲。

堂·胡利安 你知道这件事情的经过，

时间在一年前，或许比一年前更早一些，

堂·胡安离开了人世，世界上少了一位仁慈之人。

而他的儿子，无依无靠，

没有办法渡过生活的难关，

我听闻之后马上动身，

搭乘火车赶往赫罗纳①。

让他离开原来的家庭实在困难，

我滔滔不绝地劝说良久，才将他说服，

和我一起来到我们的家，他的新家。

在客厅，就是我们现在说话的这个地方，

我真诚地向埃内斯托说：

"你的亲生父亲给予我的恩情太多太多，

我所拥有的所有东西都是你的，包括我的生命。

这里就是你的家，你就是一家之主。

你的亲生父亲是一位善良的人，一位尊贵的先生。

他的牺牲让人敬佩，他的奉献值得尊重。

我比不上你的亲生父亲，

但是我希望能够成为你的第二个父亲。

只要你愿意在这个新家生活，

我将会向你证明：你就是我最亲爱的儿子，

我能够成为一个更合格的父亲。"

特奥多拉　确实如此，胡利安，这是你曾经向埃内斯托承诺过的。

埃内斯托以为自己已经没有未来，

没想到命运给了他一个新家，

他哭得就像一个孩子，

紧紧抱着你的脖子，

声泪俱下，悲恸欲绝，如此可怜。

堂·胡利安　你说得没错，埃内斯托还是个孩子，一个可怜的

---

①赫罗纳位于西班牙东北部的加泰罗尼亚自治区，是加泰罗尼亚自治区的第二大城市。

孩子。

我是他的父亲，他需要我们的照顾，需要我们为他指点迷津。

我所做的一切都是为了他好，我要为他的未来出谋划策。

我希望他的生活幸福美满，衣食无忧；

我希望他的前程一片坦荡，功成名就，

这就是我刚才在沉思的事情。

为了谋划埃内斯托的未来，

我才会这样忧虑不安、闷闷不乐。

你说晚霞醉人，夕阳耀眼，

你说天空瑰丽，风光旖旎，

别人也许会被这样的美丽吸引，但是我却不屑这样的景色。

我见过世界上最光彩夺目、最一尘不染的太阳，

我哪里还会看得上世间其他所谓的优美风景？

这两颗灿烂、纯洁的太阳，就在我的家中啊。

特奥多拉 这是一个误会，原来是我没有想到你在思考这样的事情。

你的沉思，你的忧虑，都是因为你在为埃内斯托的前途倾尽心血。

堂·胡利安 确实如此，我煞费苦心，就是为了他。

特奥多拉 你如此呕心沥血，就是为了埃内斯托的生活比以前更好？

但是你曾经为他做的已经极尽一位父亲的职责。

埃内斯托在我们家已经一年有余，

我们相亲相爱，我们融洽和谐，我们亲如一家。

你对待埃内斯托，就像对待自己的亲生儿子，

我对待埃内斯托，就像对待自己的同胞兄弟。

如果我们对待自己的孩子，自己的孙子、孙女，

也只能做到这样的程度了。

堂·胡利安　没错，这些都是我们对待孩子应该做的，

但是我们还能做更多的事情，现在这些还是太少。

特奥多拉　太少？这些还太少？我以为……

堂·胡利安　我们为埃内斯托所担心的不同，

你想到的是他的现在，是他目前的生活，

我想到的是他的前途，是他未来的图景。

特奥多拉　为他谋划，给他安排，

对于埃内斯托的未来我早有打算，

这样的事情由我来做毫不费力。

埃内斯托在这里生活，和在自己家中一样自由，

他和我们同吃同住，亲如一家。

世界按照规律运转，人也按照规律发展，

埃内斯托和其他年轻人一样，恋爱，结婚。

因为胡利安你的品质如此高洁，你的心灵如此朴实，

埃内斯托将获得你的全部财产，衣食无忧。

有一句谚语说得好，也是我相信和敬奉的，那就是：

"结婚之后，夫妻应当独立。"

埃内斯托和妻子在教堂举行完婚礼，

就回到他们自己的新家，开始他们自主的新生活。

但是埃内斯托虽然离开了这个家，和我们相距甚远，

我们也依然牢牢记得他，他永远都在我们心里，

时间流逝，我们之间的关系依然深厚如初，不会改变。

他们夫妻二人长相厮守，相濡以沫，

我们的生活安闲舒适，见此情景也会心满意足。

他们将会拥有很多的孩子，

我们也将生儿育女，人丁兴旺。

你相信会有这样美好的未来吗？（非常亲密地）

故事的最后，是我们的女儿和埃内斯托的儿子结成良缘，

他们相识、相恋，结婚、生子，

恩恩爱爱，白头到老。

〔演员对这段台词要认真推敲，把握其中变化的细微之处和语言的幽默性。

堂·胡利安 好了好了，啰啰唆唆说了那么多，快点儿停下吧！

特奥多拉 是因为你谈起了为埃内斯托谋划未来，

我才将我心中的未来图景向你倾诉。

未来的发展只有按照我所希望的如此进行，我才能接受，

否则，我真的难以承受。

堂·胡利安 亲爱的特奥多拉，

这只是你一个人的愿望，

但是你并不知道埃内斯托……

特奥多拉 天哪，胡利安，"但是"是我最不想听到的词！

堂·胡利安 亲爱的特奥多拉，请你理解我的苦心。

我愿意照顾保护埃内斯托，

是因为他的亲生父亲对我恩重如山，我无以为报，

还因为埃内斯托——堂·胡安·德·阿塞多的儿子，

他才华横溢、博学多才、品德高尚、出类拔萃，

他如同最耀眼的太阳，照射出万丈光芒，

这样优秀的青年我怎么会不喜欢？

他的才华让大家惊艳，他的智慧让大家敬佩，

他肯定会得到大家的喜爱和追捧。

但是，我们不能只为埃内斯托考虑这些，

因为人情世故的复杂超乎我们的想象。

在这个瞬息万变的世界中，

我们如何保护埃内斯托？

亲爱的特奥多拉，

你知道钱币有正面，也有反面，

我们照顾保护埃内斯托是正面，

他接受我们的照顾保护是反面，

正反两面是矛盾的两面，是对立的两面，

这正是我要告诉你的道理。

如今让我担心的是，

我们对埃内斯托的爱护如此周到，对他的给予如此慷慨，

可是他也许会认为，我们是在看不起他，

这样做是在羞辱他。

埃内斯托是一个纯洁高尚的人，

他不慕名利，不同流合污，

踌躇满志，恃才傲物。

特奥多拉，我不希望他感到难堪，承受精神的压力。

我们要做的不只是你我所说的这一点儿事情，

但是无论我们做什么事情，都要做得天衣无缝、若无其事。

你能明白我的心意吗？

特奥多拉　我们怎么做才能……

堂·胡利安　你看，我们是不是可以这样……

以后再说，他要过来了。（转身看向舞台的深处）

特奥多拉 好的，等我们以后再商量。

第二场

人物：特奥多拉、堂·胡利安、埃内斯托

〔他们三人站在舞台的深处。

堂·胡利安 埃内斯托，你来得正是时候，我们正在谈论你呢。

埃内斯托 你好，堂·胡利安。你好，特奥多拉。

〔心不在焉地和堂·胡利安、特奥多拉打招呼，之后便坐在桌子旁的沙发上沉思，心神恍惚。

堂·胡利安 你不舒服吗，埃内斯托？为什么情绪这么低沉？发生什么事了？（向埃内斯托走去）

埃内斯托 我很好，没事。

堂·胡利安 你的眼睛已经说出了你的心事，我已经看到了，
你的内心有狂风巨浪般的情绪在激荡着，
是痛苦在折磨着你吗，埃内斯托？

埃内斯托 我并不痛苦，那是我在放纵我自己的情绪。

堂·胡利安 那是因为什么让你如此难过？你有什么伤心事吗？

埃内斯托 我从来都没有难过，也谈不上什么伤心事。

堂·胡利安 这么说来，让你讨厌的那个人，就是我了？

埃内斯托 确实是你，你就是那个让我讨厌的人！我的天哪！
（从沙发上站起来，情绪激动，向堂·胡利安走去）
不、不、不，不是这样的。

我知道，你打心底里爱护我，

像对待亲生儿子一般照顾我，分担我的烦恼，

像对待知己好友一般帮助我，支持我的梦想。

你是真正理解我、懂我的人，

你也是一位智者，

我的所有秘密都向你坦诚，

因为你能通过我的眼睛看到我的内心，

知道我是喜悦还是忧伤，是自信还是颓废。

没错，尊敬的堂·胡利安先生，我是有一些痛苦的心事，

这些心事郁积在我的心里，

但是现在我会将这些全部告诉你，毫无保留。

尊敬的堂·胡利安先生，我要向你道歉，

请你谅解我的胡言乱语！

也请你谅解我。（转向特奥多拉说）

我是一个莽撞的青年，疯疯癫癫地活在这个世界上，

头脑简单，对人情世故懵懂无知。

一年多来，你真心真意地保护我，照顾我的生活，

但是，我对不住你对我的关心，违背了你的好意。

显而易见，我配不上你的高尚。

你们都是我的亲人，

胡利安，你就像我的父亲，特奥多拉，你就像我的姐姐。

在别人看来，在这样的家庭生活，是多么幸福快乐。

我很感谢你们给予我的帮助，我很知足，

也许现在看来，对未来的忧虑不是我应该去想的。

但是有一种想法却无时无刻不侵占着我的大脑，

我要去找寻心灵的家园，探求情感的港湾。

我不好意思向你们开口说出这个原因，我觉得非常愧疚。

但你们一定会理解我的苦衷的！

一直以来，你们都是这样理解我的！（坚定地，有力地）

这个原因，就是我住在这里的日子里，

就像一个乞丐，每天向你们讨要着关照，

周围的一切是那么虚幻，我像是生活在梦境之中。

特奥多拉　原来你是这样想的……

埃内斯托　特奥多拉……

特奥多拉　你说出这样的话来，真是让人寒心，我没有想到你竟然……

埃内斯托　请你谅解我的莽撞和冒失，夫人。

这是我心中最真实的想法，也是我真正想倾诉的心里话，

我不该说出这样伤人的话语，但是，我不得不说。

堂·胡利安　和你的想法恰恰相反，埃内斯托，我并不这样想。

这个世界上确实有人像乞丐一样讨要生活，

他靠着乞讨活了下来，

这个人就是我堂·胡利安本人，我就是这样过活的。

埃内斯托　胡利安先生，你说的这个故事我知道，

这是两个朋友的故事，他们对彼此忠实诚信、真心实意。

对于金钱，我一点儿兴趣也没有，

对于过去，我留下的印象不多，

这个故事有什么金钱上的关系，我并不知道。

但是，我知道的是，

我的父亲之所以有这样光荣高尚的故事，

是因为你们的真心付出，照顾幼小，助人为乐，

你们一片赤诚的热心，真正是慷慨好施。

我问自己，对于你们这样崇高的行为，周到的爱护，

我能够为你们做些什么，我能够回报给你们什么？

这个问题的回答让我羞愧，

因为我背弃了你们对我的好意，忘记了你们对我的付出，

我无以为报。

胡利安先生，

我是一个年轻人，刚刚走入这个社会，

对于别人而言，我是一个无足轻重之人。

也许我是一个清高的人，也许我是一个古怪的人，

也许我这样想并不理智，纵容自己太过任性。

可是，我还是觉得我能够做些什么工作，

给自己换取一点儿吃的喝的，

这是因为我太年轻狂妄了吗？我没有答案。

我的父亲生前曾对我循循善诱、耐心告诫，

他说的话我永远不会忘记，他这样教导我：

"凭借自己的能力能够做到的事情，就不要烦扰别人；

能够独立自主得到自己需要的东西，

就不要让别人帮助自己。"

堂·胡利安　如果事情果真是这个样子，

那么你的痛苦确实来源于我们对你的照顾。

我们是你的朋友，也是你的债主，是让你讨厌的人，

因为是我们，让你觉得生活在这里是如此屈辱，

每天的生活是这般折磨人。

特奥多拉　你现在的想法可以说是幼稚冲动，

你可以思考得更加周全。

埃内斯托，你的学问博大精深、无所不包，

对于世间的知识，你没有不知道的，

但是，这个世界上更加包容、更加广阔、更加深厚的

是我们之间的感情。

感情比知识更加重要。

堂·胡利安　你将自己看得如此卑微，

将我们看得如此低下，

你可知道，你的父亲不曾向我的父亲表示这样的不屑，

而我的父亲也不会这样蔑视你的父亲。

特奥多拉　确实如此，当初你们父亲之间那样的友谊，

不同于你们之间的感情，

大家都忘记了曾经那些深厚真挚的感情。

埃内斯托　特奥多拉！

特奥多拉　你这样想有你的道理，或许这也是正确的。

埃内斯托　请你原谅我！

我这样背弃你们的恩情，真是荒谬！

我是个愚笨的人，我是个傲慢的人，

你说得没错，我这样做真是幼稚冲动。

堂·胡利安，请你饶恕我的莽撞！（情绪十分激动）

堂·胡利安　太多杂乱的事情堆积在他的脑子中了，

他无法整理自己的想法，不知道该如何是好。（转向特奥多拉）

特奥多拉　埃内斯托也许不属于这个平凡的世界。（转向堂·胡

利安）

堂·胡利安 他生活在这个平凡的世界中，也是俗世之人，

是的，他学识渊博，无所不知，

他才华横溢，令人艳羡。

但是他也会跌倒在小小的水坑之中，

被浅水淹没。

埃内斯托 （十分悲痛）我的未来将会如何？

身处这样的凡尘俗世，我不知道在以后的岁月里，

等待我的将会是什么。

我预测自己的未来，我颤抖了，

这其中的原因是什么，我不知道，

但是，这却是真的。

大海波涛汹涌，能够将我彻底淹没，

小小的水坑也能用浅水淹没我吗？

我必须承认，

我害怕广阔的大海，惊涛骇浪让我胆战心惊。

但是，我更害怕这小小的水坑，浅水也让我不寒而栗。

因为再广阔的大海，也有它的边际，

这边际就是沙滩。

再微小的水坑，它的气味也没有局限，

弥漫在整个世界。

海水翻滚，汹涌澎湃，但是你可以对抗这万丈的海浪，

因为你的手臂强壮有力。

毒气蔓延，无孔不入，你却只能默默等死，

因为你无法阻止空气的流动。

即使是这样无奈的死亡，我也不会向它屈服。

我不是一个弱者，死亡也不会驱使我低下高贵的头颅，

哪怕我注定会死亡，我也不会畏惧。

但是，在死亡来临的时候，

我只有一个小小的愿望，

我要用我的眼睛好好看一看，

吞噬我的大海是怎样的广阔，

刺死我的长剑是怎样的锋利，

压死我的石块是怎样的沉重，

我希望能够让我看清楚。

敌人的身体被我触碰到，

他们的表情被我观察到，

他们是如此的情绪激动，怒火中烧。

敌人倒在地上，我看向他的目光中充满鄙视；

敌人痛苦死去，我看向他的目光中充满轻蔑。

无论怎样，我都不会让毒气进入我的肺部。

那些毒气让我无法呼吸，让我奄奄一息；

那些毒气消磨着我的精神，让我垂头丧气。

它们就在我的身边蔓延，但我绝不容许它们的进入。

堂·胡利安　刚才我说过，他已经不知道该如何是好。

你还记得吧？（转向特奥多拉）

特奥多拉　埃内斯托，你的话让我非常困惑，这是谈起什么话题了？

堂·胡利安　没错，我们一开始谈论的是一个问题，你的话又是另一个问题，它们二者之间毫不相干。

埃内斯托　先生，夫人，请你们设身处地感受我的情绪，

如果你们经历此种事情，会有怎样的感受？

我被你们收养，住在这栋奢华精致的屋子中；

我被你们照顾，享受着周到细心的呵护。

你们真心一片，可是其他人会怎样想？

你们不会知道，人们对我的流言蜚语。

我和你们乘坐同一辆马车，

穿过卡斯提亚大道；

我和特奥多拉、梅塞德斯在上午一起外出，

到剧院去看戏剧；

我和你在你的庄园狩猎；

我和你们一起用餐……

所有这些关心，都是你们真心实意的付出，

你们好心对我，却不知别人如何议论。

他们好奇我的身份，猜疑我受到的帮衬。

他们在一起小声地谈论质疑着：

"这个小伙子是谁？"

"他是胡利安的债权人吗？""我觉得不是。"

"他是胡利安的秘书？""看上去不像是秘书。"

"也许他是胡利安生意上的合伙人吧？"

"不像，胡利安很少带他去商会，怎么会是合伙人呢？"

堂·胡利安　这些在背后讨论别人是非的话都是谣言，

没有人会说这样的话，也没有人会这样质疑你。

亲爱的埃内斯托，这只是你的想象而已，都是绝不会发生的事情。

埃内斯托　请不要……

堂·胡利安　既然有人说出这样的话，你能告诉我他们是谁吗？

请你告诉我他们的名字，那些传播谣言的人。

埃内斯托　胡利安先生……

堂·胡利安　你只要告诉我一个人的名字就可以，一个就行。

埃内斯托　那好，这个人住在你们房间上面一层，

就是四楼的那位先生。

堂·胡利安　把他的名字说出来，他叫什么？

埃内斯托　堂·塞维罗。

堂·胡利安　塞维罗？就是我那个弟弟？

埃内斯托　正是他，你的弟弟——堂·塞维罗。

你想知道那些传播谣言的还有谁吗？

我可以告诉你他们的名字。

堂娜·梅塞德斯——那位尊贵的夫人——你弟弟的太太。

如果这一个还嫌少，那么佩皮托也可以算进来。

我已经将他们的名字告诉你了，

你还有什么要说的？你怎么解释？

堂·胡利安　（非常气愤）我在上帝面前虔诚地发誓，

我要向你这么解释：

堂·塞维罗，我的弟弟，他是一个怪胎，

因为他对自己的言行一点儿也不约束，对别人也从不包容体谅；

堂娜·梅塞德斯，他的太太，她是一个多嘴之人，

因为她总会把一件事情翻来覆去地说个没完，喋喋不休；

佩皮托，他们的孩子，那个年轻人，

他只是一颗受人摆布的棋子，

人家怎么说，他也跟着怎么说，全无主见。

埃内斯托　但你不得不承认，

谣言之所以传播得那么快、那么广，

离不开他们的说三道四。

堂·胡利安　那些传播谣言的人，

你尽管绞尽脑汁去想他们的名字。

在品德高尚的人面前，

这些诽谤侮辱别人的闲言碎语，根本不值一提。

对于谣言，他们嗤之以鼻。

那些背后贬损他人的人，在他们面前更是微不足道。

对于小人，他们鄙夷不屑。

埃内斯托　品行高尚的人，才能做到这样的程度。

那些这样去做的人，

他们为人宽厚、气量宏大，

他们仁慈良善、温柔敦厚。

但请允许我向你诉说我所知道的一切，

这其中的原委请你听完再做判断。

我不知道那些传播谣言的人，

他们是有口无心，并非故意，

还是居心不良，不怀好意。

对于没有根据的传闻，他们捕风捉影，

又在其中得到了某种联想，开始搬弄是非。

于是，最初几个人、几句话的谣言，

一传十，十传百，

最后传得满城风雨，人人皆知，

大家信以为真，指指点点。

众口一词的言论有混淆是非的力量，

这力量连金属都能够熔化。

这些不胫而走的流言蜚语，

这些子虚乌有的诽谤侮辱，

都昭示了他们的心地阴险恶毒，让人毛骨悚然。

谣言流传得这样广，

是真的发生过这样难堪的事情，他们握有确切的证据，

还是没有事实凭证，只是他们随口乱说，妄做评论？

是我曾经做错过什么事情，现在重新翻找出来，将我再次定罪，

还是用这恶毒的言语来辱骂我，引起两方不必要的争论？

他们对我无休无止地指责呵斥，

是因为他们是严厉的老师，不能容许对我的放纵，

希望我能遵守规矩，安安分分，

还是因为他们是心狠之人，只为将别人百般折磨，

最后消磨掉人的尊严，自暴自弃？

这些人中有这场谣言的始作俑者，

他们将道听途说的消息变成了恶毒的谣言，他们是谁？

这些人中也有为谣言的传播出力的帮凶，

他们将侮辱和谩骂传遍大街小巷，他们是谁？

他们中谁是那笑里藏刀的撒旦，将无辜的人向地狱引诱？

谁又是那心狠手辣的行刑者，将脆弱的生命收割殆尽？

他们血口喷人，恶语相向，

是想要践踏我的尊严，让我无地自容，

还是想要剥夺我的生命，让我自寻短见？

判断一个人是好人还是坏人，竟然由传播谣言的人来做，

是因为他们能够为民除害，还是因为他们心狠手辣？

这些问题让我很困惑，堂·胡利安先生，

它们的答案究竟是什么？现在我还无法回答。

也许它们就像硬币一样，有着不同的两面，

它们的界限模糊，让人捉摸不透。

岁月流逝，时间一天一天过去，

人们终将找到这些问题的真正答案，

事情的真相也将完全显露出来。

堂·胡利安　我无法洞察这个世界上的一切真理，

你的问题太过深奥，这样的哲理让我迷惑不解，

对此我惭愧不已，因为我也无法解答。

为何让这些没有任何意义的问题充斥着你的脑子，

为何让它们将你的生命耗损磨光？

那是因为你总是独来独往，不愿与人交际，

而且固执己见，一意孤行。

如今的处境使你万分痛苦，羞辱时时刻刻折磨着高傲的你，

这样的情形却不是我想要的。

你是一个自律的人，对自己的行为严加约束，正直高洁；

你是一个自立的人，不希望依赖别人的庇护而躲避风雨。

你想要展示自己的力量，也期盼着自由，

渴望拥有属于自己的一个合适的位置，一片广阔的天地。

这就是你心中所想，是不是？

埃内斯托　堂·胡利安先生……

堂·胡利安　请回答我的问题，告诉我你的答案。

埃内斯托　没错，你说的这些就是我心中所想！（如释重负，
兴高采烈地）

堂·胡立安 既然如此，那么我可以告诉你，

这个属于你的合适的位置，我已经为你准备妥当。

我现在的生意，还有一个职位空缺，

因为我还需要一位秘书的辅助。

我现在想要聘请的，

是一位年轻人，他独来独往，又固执己见，

而不是别人向我推荐的某个人。

（带着亲密的批评口吻）

这位骄傲的年轻人，甘愿和别人一样，

勤勤恳恳地工作，任劳任怨地付出，

固定的报酬虽然不多，却全凭自己的能力和汗水。

这位年轻人，就像是我的亲生孩子一样。

埃内斯托 堂·胡利安先生……

堂·胡利安 （语气既风趣又严肃）我是一名商人，

作为商人，利益是我永远的追求。

如果让别人从我这里白白拿走金钱，那绝对不会发生，

商人做不出这样愚蠢的事情。

所以，不要以为受聘为我的秘书就是一件容易之事。

在我这里，你的每一分时间都要为我工作，

你的每一点精力都会被利用干净，

我会让你忙得分不清日夜，让你焦头烂额。

工作从清晨就要开始，直到傍晚来临，

你要做的就是整理文件和信件，办妥我交给你的任务，

每天不辞辛苦地工作十个小时，

工资也只能拿到你应该得到的数目，不会多一分钱。

不仅如此，为我做事绝不能偷懒，

商人不会雇用游手好闲之人。

对你的工作，我的要求将会十分严厉，

只会比塞维罗还要塞维罗①。

大家也许会觉得我的眼中只有金钱，

为了利益竟然将你当成了我生意上的牺牲品。

但是，亲爱的埃内斯托，

你永远都在我的心中，永远都是我最爱的孩子，

你的地位永远不会改变!

（情绪非常激动，语调激昂，热烈地拥抱住埃内斯托）

埃内斯托 （同样热烈地拥抱住堂·胡利安）堂·胡利安!

堂·胡利安 我为你安排的这个职位，你愿意来做吗?

埃内斯托 当然愿意，我乐意至极! 这是我梦寐以求的事情。

对胡利安先生你，我唯命是从。

你的所有安排，我都会按照你的要求去做。

特奥多拉 （面向堂·胡利安，高兴地）埃内斯托这个狂暴的野兽，

今天终于被征服了，胡利安。

埃内斯托 （面向堂·胡利安）为了你，我愿意付出我的所有。

你将得到我的全部。

堂·胡利安 你乐意接受我的安排，

愿意用自己的双手养活自己，放下心中的重担，

这是我最想看到的结果。

那个将伦敦人介绍给我的推荐人，我要给他回函致歉。

这位秘书备选者的英语如此精深，运用如此娴熟，

---

① 在西班牙语中，"塞维罗"和"严厉的"发音相似。

在给我的信件中表现得淋漓尽致；

但是最合乎我心意之人已经找到，

除了你，无人可坐在这一位置，

这封推荐信来得太迟，

我只能将这位伦敦人拒之门外。（转向舞台右侧的第一个门）

现在我就给他写信，我立刻就写，

时间再迟一些，

就是关于合伙人的问题了。（转回身，伴装神秘地说）

特奥多拉　（面向堂·胡利安）天哪，胡利安，不要再说了。

你说得已经够多了，难道不能歇一会儿吗？

你再说下去，埃内斯托又该生气了。

拜托你停下吧！

〔堂·胡利安从舞台右侧的门下场。特奥多拉和埃内斯托仍然在舞台上。特奥多拉注视着埃内斯托，带着善意的微笑。

第三场

人物：特奥多拉和埃内斯托

〔第二场结束之后，紧接着就是第三场。

夕阳早已落下，夜晚已经来临。

客厅一片黑暗，没有光亮。

埃内斯托　堂·胡利安是世界上最好的保护人，我发誓！

他照顾我的生活，对我体贴入微，

他在乎我的衣食，更在意我的内心。

他的情感如此淳朴，他的付出如此真诚，

这样的恩情，让我不知如何是好。

今生今世，我能为胡利安做些什么？

（坐在沙发上，情绪激动）

〔特奥多拉走到他的身边，站在沙发旁。

特奥多拉 你说出这样的话就太客气了，埃内斯托。

我们亲如一家，又何必说报答？

无论经历了什么，无论别人说什么，

你在我们的心中始终是最重要的。

我们照顾你、关心你、爱护你，

这样的真心实意一如既往。

这个世界上最有信用之人就是胡利安，

他言出必行，许下的每一个誓言都会实现。

你如果得到他的许诺，必将收获最真诚的回报。

我们之间的感情从未改变，永远相亲相爱，

胡利安对待你，就像对待自己的亲生儿子，

我对待你，就像对待自己的同胞兄弟。

第四场

人物：特奥多拉、埃内斯托、堂娜·梅塞德斯、堂·塞维罗

〔堂娜·梅塞德斯和堂·塞维罗出场，在舞台的深处站着。

客厅仍然一片黑暗，从阳台照射进一点儿微弱的亮光。

特奥多拉和埃内斯托走向阳台。

埃内斯托　你和胡利安对我太好了，我从没有想到我还能得到这样的恩情。我想，这个世界上再也找不出能比得上你们的好人了。

特奥多拉　你真像个孩子，天真单纯、真诚直率，但却那么幼稚。刚刚我已经说过，这样的客气话就让我们太生疏了。你的困难已经解决了，高兴点儿吧。如果遇到了难题，你应该向我和胡利安求助，我们永远都会帮助你的，不要一个人闷在心里，让忧虑折磨着你。

埃内斯托　我不会再一个人默默承受这一切了，也不会因为这样的事情难过。你们对我真好。

堂娜·梅塞德斯　（站在客厅外面，小声地说）客厅怎么这么黑？我什么都看不到！

堂·塞维罗　（也站在客厅外面，小声地说）继续往前走哇，梅塞德斯。

堂娜·梅塞德斯　（走到客厅大门处）没有人，我看不到有谁在这里。

堂·塞维罗　（拦住堂娜·梅塞德斯）不要走了，那边似乎有人。

〔两个人停下脚步，仔细地看着。

埃内斯托　特奥多拉，请你相信，

我不是忘恩负义的人，也并不自私自利，

我将永远记得你们对我的恩情。

你们照顾我的起居，关心我的创作，解决我的困惑，

没有你们的帮助，我无法渡过这些难关。

今生今世，我不会忘记你们；

来生来世，我依然会向你们报恩。

我年轻狂妄，独来独往，固执己见，

在你眼中，我是个孩子气的人；

在别人眼中，我可能是一个古怪的人，

即使这样，我也能够表达我内心真正的感情和情绪。

在我的内心深处，恩怨清楚，

爱和恨的界限如此分明，

爱什么，恨什么，我的态度一向坚定。

对待恩人，我会知恩图报，

恩惠不会白白付出，我必定设法报答；

对待仇人，我将报仇雪恨，

谣言仍在毁人名誉，我绝对不会宽恕。

堂娜·梅塞德斯 （转向堂·塞维罗）他们在说什么，我一个字也听不清。你呢，听到了什么？

堂·塞维罗 我什么也听不到，

这真是太奇怪了。

〔特奥多拉和埃内斯托还在阳台上，他们在小声说话。

堂娜·梅塞德斯 （对堂·塞维罗）我听出来了，那两个人中有一个是埃内斯托。

堂·塞维罗 显而易见，另一个人就是她了。

堂娜·梅塞德斯 你的意思是，一个是埃内斯托，另一个是特奥多拉？

堂·塞维罗 你看看这两个人，啧啧啧，

别人说他们两个之间有蹊跷，果真如此，

在这黑暗的客厅中，他们又悄悄地待在一起。

我不能让他们在这里胡作非为，

哪一个人能够允许他们如此卑鄙恶劣，不知羞耻？

坏人的嘴里说不出好话，正像狗嘴里吐不出象牙，

像他们这样无耻的人，说出来的话有谁会相信？

堂娜·梅塞德斯 塞维罗，你说得没错，

人们对特奥多拉和埃内斯托之间的关系议论纷纷，

他们的暧昧让大家指指点点，

谁听到他们的对话不会怀疑？

我们一定要查清楚这件事情，把他们的关系弄明白，

不能再让他们两个欺骗我们了！

堂·塞维罗 （继续往客厅内走去）我们要告诉胡利安！

他们两个的事情，胡利安也许并不知情。

我们查清楚他们的关系，就要马上告诉他。

这件事不能再拖延，谁知道他们两个会怎么样呢！

今天晚上我就要向胡利安说个清清楚楚。

堂娜·梅塞德斯 埃内斯托做了如此卑劣的事情，

还能这么若无其事，竟然丝毫感觉不到羞耻，

真是令人难以置信。

这样的人我还没有遇到过。

堂·塞维罗 埃内斯托不知羞耻，

特奥多拉同样如此！

他们对自己不光彩的行为毫无愧疚，

我再也看不下去了。

圣灵叫世人为罪、为义、为审判，自己责备自己[①]，

就让圣灵作为我们的证人，昭示他们的罪行！

堂娜·梅塞德斯 特奥多拉还很年轻，

这个世界上多的是居心叵测的坏人，

---

①出自《约翰福音》16:8。

他们笑里藏刀，见利忘义，

她怎能看到他们包藏的蛇蝎心肠？

这些事情我都要向她说明，让她知道世道的艰险。

真是个可怜的孩子呀！

特奥多拉 什么，你不在这里住了？

若是你搬到其他地方居住，那就要离开我们了。

胡利安不会允许你这么做的，他不会同意。

放弃这个念头吧，这不是个好办法。

堂·塞维罗 （对堂娜·梅塞德斯）从这儿搬走？

我才不相信他会这么做，真是满口胡言！

这种话就骗骗特奥多拉吧，想骗我？做梦吧！

没查清楚他们两个的关系，我也不会同意让他搬走。

（向阳台大声地喊）特奥多拉，你难道没有看到我吗？

客人已经到了，你还在阳台站着吗？

就这么冷落我，不想招待我吗？

特奥多拉 （从阳台走向客厅中心）堂·塞维罗，

晚上好，见到你很高兴。我怎么会冷落客人呢？

堂娜·梅塞德斯 你们连灯也不点，还没有吃晚饭吗？

吃饭的时间已经到了吧，你们在做什么？

特奥多拉 你好，堂娜·梅塞德斯。

堂娜·梅塞德斯 你好，特奥多拉。

堂·塞维罗 （旁白）真是个装模作样的女人！

太虚伪了！现在还在我们面前演戏！

特奥多拉 （摇晃放在桌子上的铃）我让仆人们点灯。

堂·塞维罗 当然要点灯了，

这样人们才能把你们看得清清楚楚，

让大家都看看你们在做什么无耻的事情。

仆人 （站在舞台的深处）请问夫人，你需要什么？

特奥多拉 赫纳罗，把灯点上吧。

〔仆人离开舞台，下场。

堂·塞维罗 人们常常这么说，

走在坦诚的小路上，路上处处都是光明，

你不需要迫不及待地奔跑向前，

也不需要忐忑不安地担心未来。

〔仆人将点燃的灯拿进客厅，昏暗的客厅一下子明亮起来。

特奥多拉 （停顿了一小会儿，自然地微笑着）

这是我们经常说的谚语，谚语自然有它的道理。

大家这么认为，我也这么认为。

堂娜·梅塞德斯 你也这么认为？真的吗？

堂·塞维罗 （故意高声地）埃内斯托，你好哇！

没想到你也在这里！

就在客厅，就在阳台，我们刚才竟然没有看到你。

真是抱歉，现在才和你打招呼。

在我们进来之前你就在这里了？

也就是说，刚才和特奥多拉一起待在阳台的，就是你了？

你一直在客厅，是这样的吗？

埃内斯托 （冷漠疏远地）显而易见，我就在客厅。

我想大家都能看得很清楚，我一直在这里。

堂·塞维罗 我的天哪！你怎么能说是"显而易见"呢？

你说大家看得很清楚，我可不这么觉得。

我和梅塞德斯刚才可是什么都没有看见，

客厅里一片黑暗，一点儿光亮都没有，

在这样的黑暗中，谁能看清楚呢？

如果不点灯，谁能看到这里发生了什么呢？

〔走向埃内斯托，和他握手，然后紧紧盯着埃内斯托看。堂娜·梅塞德斯和特奥多拉在一旁说话。堂·塞维罗在此时开始旁白。

埃内斯托的脸如此绯红，就像刚刚哭过似的，

他的眼里似乎还有泪水，这究竟发生了什么？

让我说，这样的答案才"显而易见"。

男人并不爱哭，谁能常常看见男人的泪水？

如果他是刚刚出生的婴儿，还不会用语言来表达自己，

只能常常用哭闹提醒大人；

如果他是陷入爱河的小伙子，在折磨人的爱情里受了挫，

只能用泪水宣泄伤心。

如果不是，哪个男人还会轻易哭泣？

（大声地）堂·胡利安呢？他在哪里？

特奥多拉　胡利安在里面屋里。

他正在给一位推荐人回信。

埃内斯托　（旁白）我觉得自己还算是个有耐心之人，

但也受不了这样乏味的对话。

让我和这样的人一起聊天，真是一种折磨。

看到他们，我心里就一阵烦躁，什么事也做不了。

如果再继续聊下去，我真要发疯了。

堂·塞维罗　既然他在里屋写信，那我就去看看他。

晚饭什么时候开始，应该还有很长一段时间吧？

特奥多拉　是的，时间很宽裕。

堂·塞维罗　（搓着双手，紧紧盯着特奥多拉和埃内斯托）

既然这样，我这就去看看胡利安。

（大声地）一会儿再见。

特奥多拉　一会儿见。

堂·塞维罗　（离开客厅，走的时候故意盯着特奥多拉和埃内斯托，旁白）

上帝，我向你发誓！

这两个人，肯定有问题！

第五场

人物：特奥多拉、堂娜·梅塞德斯、埃内斯托

〔特奥多拉和堂娜·梅塞德斯坐在舞台右侧的沙发上。

埃内斯托一个人坐在舞台左侧的扶手椅上。

堂娜·梅塞德斯　（对埃内斯托）你今天没有看到我和塞维罗吗？

埃内斯托　没有，我没有看到你们。

堂娜·梅塞德斯　你也没有看到佩皮托吗？

埃内斯托　没有，我也没有看到他。

堂娜·梅塞德斯　佩皮托现在很孤独。

他应该就在四楼，一个人孤独地待着。

埃内斯托　（旁白）孤独地待着？正好！就让他孤独去吧。

堂娜·梅塞德斯　（对特奥多拉，严肃认真又神神秘秘地）我想和你说一件事情，这件事情只能告诉你一个人，其他任何人都不能说。

埃内斯托在这里，我没有办法告诉你，让他去别的地方吧，好吗？

特奥多拉　你……你要和我说事情？

堂娜·梅塞德斯　（同前面的神情）是的，是我要和你说。

这件事情非常严肃，值得你认真对待。

请不要不当回事儿。

特奥多拉　那请你说吧！你现在就可以说了，不需要遮遮掩掩。

堂娜·梅塞德斯　但是，埃内斯托还在这儿呢，我不想让其他人听到我跟你说的这件事情。你看，还是让他出去吧。

特奥多拉　你这样说让我很困惑，现在弄得这样复杂，究竟是什么事情？

〔以上堂娜·梅塞德斯和特奥多拉对话时声音都比较低。

堂娜·梅塞德斯　鼓起勇气来吧，特奥多拉！

〔拉起特奥多拉的手，亲昵地握着，而特奥多拉不知所以地看着堂娜·梅塞德斯。

你现在只需要让埃内斯托离开这间客厅，快去和他说吧。

特奥多拉　如果你非得让他离开的话，那我……

埃内斯托，

我有件事情想请你帮我去办一下，

你可以帮我这个忙吗？

埃内斯托　当然，对于你的事情，我是一百个愿意。请你吩咐。

堂娜·梅塞德斯　（旁白）不就是一件事情吗？

还一百个愿意？真是不嫌多。

特奥多拉　非常感谢你。

首先，请你到四楼去，找到佩皮托。

也许，你并不适合去办这件事情。

这是否会为难你?

埃内斯托 你这样说太客气了,为你效劳,是我的本分。

请你放心,我一定会为你办好这件事情的。

堂娜·梅塞德斯 (旁白)真是受不了他们两个这般亲热!

离开这么短的时间就受不了吗?

只不过是从三楼到四楼这么近,还舍不得走。

办一件小事,就这么磨磨蹭蹭。

特奥多拉 请你到楼上之后,问问佩皮托月票延期是否办好。

我们在王子剧院的包厢月票就要到期了,

之前我曾经请他到剧院为我们办理延期手续。

这件事情既然是托他去办,你去问他,他自然会告诉你。

但是,我不知道佩皮托是否已经去过王子剧院,

只能让你去楼上一趟,替我问问事情的结果。

埃内斯托 现在我就上楼去问,请你不要着急。

我一定为你办好这件事情,这是我的荣幸。

特奥多拉 辛苦你了,埃内斯托!

很抱歉让你去做这件事情,这不是我的本意。

埃内斯托 (离开客厅,走向舞台的深处)我的上帝呀!

特奥多拉 一会儿见,埃内斯托!

第六场

人物:堂娜·梅塞德斯和特奥多拉

〔客厅里只有她们两个人。

特奥多拉　梅塞德斯，你究竟要告诉我什么事情？

你说这件事情非常严肃，值得我认真对待，

我已经全身紧张。

世界上到底有什么事情，会让你这样认真，

这让我惊诧万分。

你说这件事情只能告诉我一个人，

我已经让埃内斯托离开客厅。

你的语气我捉摸不透，你的神情我无法猜测，

这让我胆战心惊。

快告诉我这件事情吧！

堂娜·梅塞德斯　没错，这件事情非常严肃，你得认真些。

特奥多拉　这件严肃的事情和谁有关？

堂娜·梅塞德斯　和你们有关。

特奥多拉　和我们有关？我们是指……

堂娜·梅塞德斯　我可以把"我们"说得让你更明白些，

"我们"指的就是胡利安和你。当然，

还有那位刚刚离开的年轻人，埃内斯托！

特奥多拉　这是三个人。你说的这件事情，

是和我们三个都有关？

堂娜·梅塞德斯　没错，和你们三个都有关！

和胡利安有关，和你有关，和埃内斯托有关。

你们都在这件严肃的事情中！

〔特奥多拉又惊讶又诧异地看着梅塞德斯，停顿片刻。

特奥多拉　请你将这件严肃的事情快点儿讲出来吧！

堂娜·梅塞德斯　（旁白）这是一件复杂难办的事情，

特奥多拉还不能明白这其中的曲折。

我要管住自己的嘴，不能一口气说完。

得委婉地向她说明白事情的真相，

让她知道自己的行为多么可耻。

（大声地说）

哦，特奥多拉，

无论发生了什么事情，无论别人怎么说，

我们都是一家人。

我的丈夫塞维罗是你丈夫胡利安的弟弟，

这样的关系永远无法改变。

所以，别人给予的荣耀我们要一起分享，

别人给予的侮辱我们也要一起承担。

我们共同经历患难和灾祸，齐心协力和厄运搏斗，

保护着彼此，帮助着彼此，这就是家人。

现在，我向你伸出了援手，将你从噩梦中拯救出来，

将来，我也会向你们求救，帮助我们渡过难关。

我对你的帮助慷慨无私，我的求救也将坦然安心。

特奥多拉　梅塞德斯，你说的这些确是事实，

我深信不疑，将来自然也会做到。

家人的庇护，从来不会改变。

但是，你说的严肃的事情究竟是什么，

请你赶快告诉我。

我不想听你含糊其词，拐弯抹角，

你不要有任何顾虑，请坦诚地告诉我。

堂娜·梅塞德斯　哪怕到了现在，

我依然不愿意直接告诉你事情的真相。

如今开口，实在是迫不得已。

今天，塞维罗，我的丈夫，他向我倾诉：

"现在发生的所有事情，我不愿意让它们继续发展下去，

到了今天这样的地步，已经是我承受的最大限度。

我和我的哥哥胡利安荣辱与共，

他的声名就是我的声名，对他的伤害就是对我的伤害。

如果有人做了什么事情侮辱了胡利安，

那么，我一定会誓死捍卫他的尊严。

对于他而言，最宝贵的就是他的声誉，我不容许有人玷污。

但你知道，生活总不会一直如我所愿，

现在恰恰有这令人难堪的事情发生。

我无法面对朋友们看我的眼光，无法面对亲人对我的质疑，

我快要被那些流言蜚语淹没，无法呼吸。

更令我难以接受的是，这是对胡利安的污蔑。

这样无耻的事情我怎么能够允许它们继续发生？

那两个人毫无羞耻之心，常常在一起聊天说笑。

没有人知道他们在说些什么，

因为这两个人总是单独待在一起。

他们不让别人看到，不让别人听到，

这其中究竟有什么样的蹊跷？

若是两个人清清白白，为什么要这样鬼鬼祟祟？

大家对他们的议论总不会无缘无故，

只有让他们停止这样不顾廉耻的行为，

令我伤心欲绝的传闻才会消失。"

特奥多拉　请你继续说下去。

堂娜·梅塞德斯　好，你听着。

〔停顿片刻，牢牢盯着特奥多拉。

特奥多拉　我的上帝呀！人们到底在议论什么？外面究竟有什么样的传闻？请你快点儿说吧！

堂娜·梅塞德斯　正如塞维罗所说，

没有无缘无故的议论，传闻都是事出有因。

有了流水潺潺，才有了河水叮咚作响，

无论这流水有多少，都不会阻止声音的发生。

特奥多拉　议论？我没有听到。

传闻？我也一无所知。

河水作响？我没有任何兴趣。

你说的这些拐弯抹角的话，我也没有耐心继续听下去。

如果你再不坦诚直言，我们也没有必要继续聊天。

对这件事情你为什么要躲躲闪闪？

难道你不能直截了当地告诉我吗？

堂娜·梅塞德斯　（旁白）传闻如此难堪，可是她却什么都不知道。

（大声地）我已经说得如此明白，你难道还不知道这是什么意思？

特奥多拉　我不知道你这些话是什么意思。

堂娜·梅塞德斯　（旁白）真是个愚笨的人！竟然这么不开窍！

（大声地，义正词严地）这件丑事已经尽人皆知了！

特奥多拉　丑事？什么丑事？谁的？

堂娜·梅塞德斯　当然是你丈夫胡利安的丑事！

特奥多拉　（突然从沙发上站起来）我丈夫？

你说外面的人都在议论胡利安的丑事？这绝对不可能！

胡利安诚实守信、光明磊落，有谁能说出来他的不好？

如果传闻胡利安的丑事，那就是别人胡言乱语、造谣生事。

这样议论的人也是粗俗之辈，毫无道德之心。

胡利安对这样的人向来不会留情，让他们等着瞧吧！

堂娜·梅塞德斯 （宽慰着特奥多拉，拉住她坐到沙发上）

传闻人人皆知，已经沸沸扬扬。

马德里城的每个人都在议论这件丑事，

你怎么能做到堵住所有人的嘴？

胡利安能惩罚一个人，却惩罚不了所有的人。

他并非坏人，但是只要有一个人说他不好，

就会越传越多，越传越真，直到成为事实。

舆论就是如此，你要明白它的厉害。

特奥多拉 你这样拐弯抹角让我困惑，

直到现在我依然没有听懂。

我不知道人们在对什么议论纷纷，

我不知道这件丑事中的人到底是怎样地不知廉耻，

我也不知道，你们为什么对我这样遮遮掩掩，

这其中到底有什么秘密？为什么不能直截了当地说出来？

堂娜·梅塞德斯 我说了这件大家都在议论的丑事，

你就这样无动于衷吗？

还是说，你是一个毫无羞耻之心的人，

至今都没有幡然悔悟？

特奥多拉 我做错了什么需要后悔？

你又为何说我毫无羞耻之心？

堂娜·梅塞德斯 亲爱的特奥多拉，

人在二十几岁的时候，总是会做一些不应该做的事情。

因为他们的感情总是很冲动，思想总是不理智，

做出这样轻率的决定，后果只能由自己承担，

最后在悔恨中哭泣，在羞耻中愧疚。

你还很年轻，

不知道世道的艰险，也不知道别人包藏的祸心，

所以才做出这样的蠢事。

我这样说，你是否已经懂得这是怎么回事？

特奥多拉　这件事情和我毫无关系，

那我怎么能够懂得其中的曲折？

你所说的不应该做的事情我也从未做过，

又怎么能说我冲动轻率？

堂娜·梅塞德斯　这件丑事中的主角是一位夫人，

就是这位夫人的不知羞耻，才发生了这样的丑事。

如今尽人皆知、纷纷议论，已经满城风雨。

特奥多拉　（忐忑地，紧张地）这位夫人是谁？她叫什么？

堂娜·梅塞德斯　她叫……

特奥多拉　（又制止梅塞德斯）不必说了，

她是谁并不重要，我不需要知道她的名字。

〔这样的对话已经让特奥多拉反感，她虽然还坐在沙发上，但是和堂娜·梅塞德斯的距离拉开了。堂娜·梅塞德斯在对话的开始，将自己当作特奥多拉的保护人，一直在靠近特奥多拉。而现在，特奥多拉非常厌烦堂娜·梅塞德斯，这两者的对比非常清楚。

堂娜·梅塞德斯　女人总是被男人所骗，

心甘情愿为他付出，最后却只能被抛弃。

男人用花言巧语制造感情的陷阱，

让女人沉浸在虚幻的爱情童话中，无法自拔。

这样骗术高明的男人总是包藏祸心，

女人又怎能看到他的面具之下是怎样的嘴脸？

轻率冲动之下犯的错误，付出的代价却让人后悔终生。

这样的女人无法再走入社会，

因为无论在哪里，人们都会对她的不知廉耻百般指责，

她也会因此难堪得无法面对亲朋好友。

谁能对这样的道德沦丧无动于衷？

谁又能对如此堕落的女人宽容原谅？

千夫所指将她贬入地狱，流言蜚语也会将她杀死。

更为惨痛的代价，

就是她失去了幸福的家庭，使丈夫的声名蒙上了羞耻。

这样的行为真算得上是辱人损己。

犯下的错误无法挽回，认罪悔改也无法获得上帝的饶恕。

她的祈祷也为可憎①，她的罪行将永远被记录在良知簿上。

〔堂娜·梅塞德斯和特奥多拉已经一起坐到沙发的另一端。特奥多拉终于听明白堂娜·梅塞德斯在说什么，她蜷缩着身体，捂住自己的头和脸，害怕地避开堂娜·梅塞德斯。

特奥多拉，不要害怕，到我的怀里来吧！

（旁白）看到你这样可怜，我这样善良仁慈的人怎能不保护你？

（大声地）你不必为那种男人付出什么！

特奥多拉 我不明白，梅塞德斯，

你所说的丑事根本就不曾发生，人们为何要这样说？

---

① 出自《箴言》28:9。

还是说，这本就是别人信口胡诌、随意编排？

或者是他们捕风捉影、故意陷害？

既然是空口无凭，我只会怒火中烧、愤愤不平，

怎么会惴惴不安、胆战心惊？

怎么会痛哭流涕、万分悔恨？

无缘无故地指责不会让我低头，

毫无来由地传闻不会让我愧疚。

请你告诉我，是谁血口喷人，传出了这样恶毒的流言？

是谁居心叵测，让流言蜚语在马德里城沸沸扬扬？

这件丑事中所说的骗术高明、包藏祸心的男人是谁？

莫非你是说，是他？

堂娜·梅塞德斯 　是埃内斯托。

特奥多拉 　啊！我的天哪！（*停顿片刻*）

难道，这件丑事中所指的不知廉耻的女人是我？

众人议论纷纷的流言就是关于我和埃内斯托？

〔堂娜·梅塞德斯点点头，特奥多拉突然站了起来。

我说的话也许你并不爱听，但是我不吐不快！

你的丈夫塞维罗是我的丈夫胡利安的弟弟，本是一家，

但是你却对我的声名如此污蔑，成为谣言传播的帮凶！

外面那些传播谣言的人，无论他们是随意编排，有口无心，

还是居心不良、故意陷害，

我的为人他们并不了解，对于没有根据的传闻，

他们也会信以为真，搬弄是非。

直到最后，众口一词，积毁销骨。

我的自尊被践踏，我的生命被剥夺。

究竟是我的家人不信任我、污蔑我更让我不堪忍受，

还是满城流传着子虚乌有的丑闻更让我抬不起头?

人们对流言不加辨别，从不探求事实的真相，

他们只会在背后无中生有，对无辜的人指指点点。

即使没有发生难堪羞辱的事情，即使只是道听途说，

最后的流言也会说得言之凿凿，似乎是亲眼所见。

既然没有过错罪行，为何要我忏悔改过?

既然毫无根据，为何这样咄咄逼人，对我指责谩骂?

人们用恶毒的言语呵斥我，用鄙夷的眼神审视我，

似乎他们全都化身成了魔鬼，成为妄图用流言杀死我的刽子手。

人心如此险恶，世道如此艰难，

难道你们竟想用传闻将我定罪，用猜测将我判决，

让我承认从未有过的罪行?

我究竟做错了什么，人们竟然这样羞辱我?

别人心中究竟怎样恶毒，凭空捏造的流言竟能满城流传?

我无法遏制我心中的怒火，只想将这些恶魔撕碎!

我从没有像传闻中所说的那样有过龌龊的想法，

也没有像传闻中所说的那样做过可耻的事情。

我的天哪，为什么会有这样卑鄙肮脏的流言?

埃内斯托身世不幸，令人痛心。

父亲去世，他举目无亲，没有任何依靠，

生活陷入困境，无法渡过难关。

胡利安将他从家乡接到我们的家中，

愿意成为埃内斯托的第二个父亲，

细心呵护，周到照顾，慷慨给予。

面对如此可怜的孩子，我只想尽我所能为他守护。

胡利安对待埃内斯托，就像对待自己的亲生儿子，

我对待埃内斯托，就像对待自己的同胞兄弟，从无他想。

埃内斯托英俊潇洒、内心善良，

不仅才华横溢、博学多才，令每个人都羡慕不已，

而且品德高尚、不慕名利，如同太阳光芒万丈。

（停顿片刻，看了一眼堂娜·梅塞德斯，又转过头去。旁白）

不，我不能再这样说埃内斯托的好话，

这样做不但不会消除别人的怀疑，证明我们的清白，

反而会让他们更加相信那些流言，

以为我对他有暧昧的想法，才会说出这样赞美称许的话语。

不信你看梅塞德斯看我的样子，

仿佛我对她说的这些解释都在骗人，眼中写着的全都是不信任！

没有想到，我的一片好心竟然适得其反，

对埃内斯托亲如姐弟的照顾招来了这样恶毒的流言！

如今，我还要做出另一番样子，和他刻意疏远，

如此才能让人们相信我们之间从没有肮脏之事。

我的天哪！为什么会这样？（悲痛欲绝地）

堂娜·梅塞德斯　好了好了，不要说了，不要再发泄你的不满了。

特奥多拉　（大声地）你让我怎么停下来？

这样恶毒的流言竟然发生在我的身上，

这样不堪的传闻竟然是在捏造我的可耻，

我如何能够坦然面对？

流言蜚语甚嚣尘上，人人都在用嘴巴审判我所谓的罪行。

也许我走出门去，就有无数的人对我指指点点；

也许我待在家中，也有无尽的流言在全城愈演愈烈。

我的心中万分惊惧，毛骨悚然。

我从未想过，一片好心竟然换来别人如此恶意地揣测。

无辜之人竟然能被流言定罪，仁慈善良也被流言羞辱，

人心的恶毒让人不寒而栗，这样的卑鄙恶劣前所未有。

道听途说了这些无中生有的谣言，就将我定为无耻妇人，

我的声名就这样被玷污！

啊！这样的可怕让我如何面对？我今后将怎样生活？

我的心疼得如同刀绞，谁能将我拯救？

我亲爱的母亲哪！

我亲爱的胡利安哪！

〔伏在舞台左侧的扶手椅上伤心地抽泣。堂娜·梅塞德斯走到她的身边，想要劝慰她。

堂娜·梅塞德斯　如果你如此在意这些传闻，

未免有些小题大做，太过较真。何必将它说得如此可怕？

这只是一桩微不足道的小事，你不必把它放在心上。

让它打乱你的生活，实在是毫无意义。

不要再流泪了，可怜的特奥多拉。

我相信你没有做过这样不堪的丑事，

你也不是传闻中所说的那样不懂规矩。

因为这些年来你一直安分守己、作风正派，

从没有做过什么出格的事情，

这是亲友们共同见证的，这是确定无疑的。

你尽可坦然面对人们对你的指指点点，

既然没有过错，就不需要担心流言蜚语。

只有做出那种恶行的人，才需要为自己的罪忏悔。

也许那些传闻没有我说的这么厉害，

人们也没有将你描述得如此可耻。

但是既然有这样的风言风语，

难道你不该反思自己的所作所为？

既然这样的流言遍布全城，

难道你不该收敛一下自己的任性？

没有无缘无故的流言，也没有无中生有的指责，

一切都是事出有因。

如果他人对你有任何怀疑，那就说明你的行为太过放纵。

如果你始终清白，别人又怎会将脏水泼到你的身上？

如果你没有逾越规矩，流言又怎会和你有关？

没有人愿意将时间浪费在并不存在的事情上面，

只有证据确凿，大家才会惩罚罪人，昭示天下。

你和埃内斯托肯定是有哪些事情做得不够端正，

流言才有了确实的证据。

否则，他人也不会这样无事生非，存心让你难堪。

你是养尊处优的家庭主妇，生活无忧无虑。

家庭中的操持不需要你来费心，

生意上的运作不用你来筹划。

回想过去，你和埃内斯托是不是有过这样的事实：

外出散步，你们携手而行？

去剧院看戏，你们同乘马车？

在胡利安无暇回家的时候，你们是不是常常在一起？

如今想来，这些流言也不算凭空捏造。

特奥多拉，流言已经沸沸扬扬，人尽皆知。

你们的声名已被玷污，名誉已被侵犯，

可是你应该知道，之所以会有这样的后果，

是因为你们不端的行为给了制造流言的人以证据。

这些事情有目共睹，无可抵赖。

无论你如何辩解，全都是徒劳无功。

人们不会相信你的证词，

怀疑的种子已经种下，你做什么都是无济于事。

只有停止这样不顾廉耻的行为，传闻才会消失。

继续不管不顾地恣意妄为，结局会比现在更加惨痛。

你不能再逃避这样的情况，不要被可怕的流言冲昏头脑，

理智地去思考，自己做的事到底有多少不妥，

如何去挽救这样的局面，洗清你们的名誉?

我刚刚已经提醒过你，

社会公德不会容许这样不知廉耻的事情发生，

若是你逾越规矩，

受到的惩罚比你想象的还要残酷，

付出的惨痛代价会让人终生后悔。

幸福的家庭从此破裂，高贵的名誉从此失去，

羞耻愧疚，无地自容，像过街的老鼠遭人人唾弃。

人人都对道德的沦丧恨之入骨，对堕落的男女深恶痛绝。

舆论会让你无法抬头，流言会将你扼杀，

上帝也不会饶恕你，今后你们将在地狱中经受折磨。

特奥多拉，我这样告诫你并非危言耸听，

只是你们的无耻之行已经让这个家庭危在旦夕。

你知道现在的社会多么残酷无情。

特奥多拉 〔从扶手椅上抬起身来，面向堂娜·梅塞德斯，但是没有注意听她说话。

你是说，流言中也说到了胡利安?

堂娜·梅塞德斯 流言中有你的丈夫胡利安。

还有你，特奥多拉。

马德里城的每个人都在谈论你们两个，

你和胡利安已经是众人口中的笑柄，

茶余饭后拿来取笑和嘲弄。

特奥多拉 他们怎样谈论我都无所谓，

我无足轻重，你也不必再告诫我什么。

可是我的丈夫，胡利安，

作为一位银行家，他诚实守信，声誉斐然;

作为一位丈夫，他对待感情始终专一，对我百依百顺;

作为一位保护人，他对埃内斯托慷慨给予，

不仅照顾他的生活，让他衣食无忧，

还为他筹谋未来，指点迷津。

如果恶毒的流言将他纠缠，这会让我多么心痛!

我不知道，当他知道这些不堪的传闻，

他会多么地心烦意乱!

因为别人对我的误解，而让胡利安承担这样的指责，

我该怎么面对我的丈夫!

堂娜·梅塞德斯 塞维罗已经去里屋找胡利安了，

我想他们也和我们一样，正在谈论这件传闻。

你知道，塞维罗对你们的流言痛心疾首，

任何对他哥哥胡利安的侮辱和伤害，他都感同身受。

他誓死捍卫胡利安的尊严，绝对不会允许流言继续散布。

特奥多拉 你说胡利安已经知道了？我的天哪！

堂·胡利安 （在内台说）行了，别再说了！

特奥多拉 我的天哪！

堂·胡利安 不要再说了！

特奥多拉 胡利安已经发怒了，不知道会发生什么！

我们还是先离开这里吧！

啊，我真是太不幸了！

梅塞德斯 （朝舞台右边的第一扇门探了下头）

没错，我们快点儿离开。

如果留在这里，可能会让胡利安更生气。

先走吧，不要让他们看见。

特奥多拉 （停下脚步）我为什么要走？

胡利安听到流言怒不可遏，我就想逃避，离开这里。

既然问心无愧，为什么害怕面对？

只有做了坏事的人，才会惴惴不安、胆战心惊。

如果我做出这样羞耻不堪的丑事，我也会愧疚万分。

但是如今，流言蜚语全为捏造，信口胡诌却可将人定罪，

我从未有过龌龊的想法，也没有做过任何可耻之事，

好心善意被恶意揣测，爱护照顾也成为暧昧不清，

真心倾诉却成了狡辩，刻意疏远才能洗清嫌疑。

我与胡利安彼此忠诚，又为何害怕胡利安会对我发怒？

流言昭示了人心的恶毒，这样的卑鄙恶劣让人心寒。

无辜之人被流言百般折磨，堕向地狱。

造谣之人毫无凭据，却用最恶毒的言语来辱骂他人，

自以为是在为民除害，主持正义，实则却是心狠手辣的行刑者。

受害者却只能消磨掉自己的尊严，最后自暴自弃。

虽然我没有那么脆弱，不会轻易抛弃自己的生命，

也知道流言只能暂时让我哭泣，不会永远受其煎熬，

但是最可恨的是，

流言玷污了我的声名，让我成为可耻的罪人！

没错，这些传闻都是人们凭空捏造，毫无根据，

道听途说的一些消息，就将它们慢慢发酵，

最后成了杀人于无形的恶毒谣言！

众口一词让人们混淆了是非，颠倒了黑白，

他们不去探求真相，却把谣言当作事实，

以为我们做出了什么可耻之事，对我们百般指责！

议论纷纷的流言，将我牢牢绑住，

让我万分恐惧，无法呼吸。

〔这时，堂·胡利安和堂·塞维罗从舞台的右侧门出场。堂·胡利安在前，堂·塞维罗在后。

亲爱的胡利安！（特奥多拉跑向胡利安，依偎在他的怀里）

堂·胡利安 特奥多拉！

不要害怕，靠在我的怀里吧，让我保护你！

在我的怀里，你才能保住你的声名和自尊！

第七场

人物：特奥多拉、堂娜·梅塞德斯、堂·胡利安和堂·塞维罗

〔四个人在舞台上从左到右地排列顺序为：堂娜·梅塞德斯、特奥多拉、堂·胡利安和堂·塞维罗。特奥多拉依然紧紧地靠在胡利安的怀中。

堂·胡利安　这样的事情之前从没有发生过，
也从没有人说过我和特奥多拉的不好。
我没有想到，竟然有人在背后对我的家庭造谣。
这些子虚乌有的事情，这些人究竟是从哪里听到的？
这样恶毒不堪的谣言，为什么散布得如此广泛？
整个马德里城的风言风语，又是谁在推波助澜？
让这些玷污人声名的传闻快点儿消失吧，
我不愿意再听到关于这件事的任何一个字！
今天你们告诉了我和特奥多拉这个传闻，
这让我怒火中烧！让特奥多拉惊惧不安。
我可以原谅你们，但是我不能让别人继续伤害我的夫人。

（指着特奥多拉）
我不允许任何事情让特奥多拉伤心哭泣，
这是我最不愿意看到的事情。
我向来说话算话，言出必行，请你们记住：
不要在我和特奥多拉面前再多说一句这样的谣言，
也不要将它当作茶余饭后的谈资，嘲弄取笑，
更不要和别人继续谈论，让这些流言蜚语愈演愈烈，
这样做的人我将一视同仁，
哪怕是你，塞维罗，我的亲兄弟，
我都不会再让你们进入我的家门！

休想!

〔停顿片刻，抱着特奥多拉小声安慰着。

堂·塞维罗　胡利安，你这样做未免太过苛刻。

我与你向来荣辱与共，对你的伤害就是对我的折磨，

我誓死捍卫你的尊严，保护你的声名。

这些恶毒的侮辱，令我深恶痛绝，不能容忍；

这些肆虐的流言，令我痛心疾首，想要制止。

你们对流言蜚语毫不知情，对污蔑和羞辱全无所闻，

是我和梅塞德斯让你们了解了人们是如何议论你们的。

我们又怎么会凭空捏造关于你们的流言？

我们又怎么会让他人对你们指指点点？

你为何要这样对待我们？

堂·胡利安　因为你说的这些谣言全都是恶意的诬陷，

它们侵犯了我和特奥多拉的尊严，

让我们成为千夫所指的罪人！

堂·塞维罗　可能是诬陷，也可能确有其事。

无风不起浪，这些传闻总是有原因的。

堂·胡利安　没有什么所谓的原因，也没有什么所谓的事实，

这样的流言就是诬陷，就是污蔑！

堂·塞维罗　既然是凭空捏造，何不一起说说？

当着大家的面，谈论一下这些传闻，

澄清事实，洗脱嫌疑，岂不是更好？

堂·胡利安　这个世界最为可耻的就是造谣，

谣言就是谎言，就是粪土！

这是多么肮脏的行为！这是多么恶劣的人心！

堂·塞维罗　我只是将人们议论的传闻向你们重述一遍，

你又何必这么怒气冲冲、大发雷霆？

堂·胡利安　重述一遍？这样的做法有何意义？

谣言依然在外面肆虐，对我和特奥多拉的污蔑有增无减。

你和梅塞德斯向我们传达这些传闻，

到底是什么居心？

〔停顿片刻。

堂·塞维罗　你这样误会实在让我们委屈。

听到这样不堪的流言，任谁也会情绪冲动。

但是请你理智、耐心地思考，体谅我们的用心，

不要毫无理由地向我们发泄不满，

把我们当作无辜的出气筒。

堂·胡利安　我可不像外面那些造谣的人一样无事生非，

对你们的怨恨也并非无缘无故。

我向来沉稳，不会感情用事，

谣言也不会让我气急败坏，失去理智。

但是你们带来的这些谣言实在恶毒，令人心寒。

它们让无辜的人身败名裂，千夫所指，

让清白的人被众人唾弃鄙夷，抬不起头来。

我的家庭向来和睦融洽，

你们却用这些谣言把它弄得乌烟瘴气。

难道我还要赞美你们的所作所为吗？

堂·塞维罗　我这么做都是为了你好，

没想到你竟然还要责怪我，我想不通。

我做的正是我认为应该做的，这是我的责任。

难道我任由流言漫天，却瞒着你们吗?

堂·胡利安　若是你真为我着想，就不会这样做。

你用这样冠冕堂皇的借口，在这里指手画脚。

你妄图掌控我的人生，影响我的决定，

却不是真心为我分忧，帮我解决难题。

堂·塞维罗　我们是亲兄弟，用的是相同的姓氏。

堂·胡利安　除此之外，也没什么了。

堂·塞维罗　不要在这里指责我的所为了!

你有这样的时间，不如考虑一下如何挽回自己的声誉吧!

你们已经成为马德里城中人们的笑柄，

是聊天的谈资，被取笑，被嘲弄!

你将不再是让人们信任的银行家，声誉已经消失殆尽，

又如何在城中继续做生意和生活?

流言也能成为杀人的武器，让你防不胜防。

堂·胡利安　这些不堪的言语，你为何要在众人面前宣扬?

你们的指责咄咄逼人，让特奥多拉以泪洗面。

难道说，这就是你们想要的结果?

让我发怒，让特奥多拉伤心，从此生活在惊惧和不安之中?

〔停顿片刻。

堂·塞维罗　（放低声音，对堂·胡利安）

如果已经去世的父亲知道了你们做这样的事情，

他的心里会怎么想?

这是你希望他看到的情景吗?

堂·胡利安　塞维罗，你说什么呢!

为什么要提到父亲? 这有什么关系?

堂娜・梅塞德斯 好了，先别说了，埃内斯托来了。

特奥多拉 （旁白）埃内斯托若是知道了这些传闻，

他的心里会怎么想？我们之间又要如何相处？

如今的场景真是让人困窘尴尬，唉！

〔特奥多拉转过身，低下头。堂・胡利安一直注视着她。

第八场

人物：特奥多拉、堂娜・梅塞德斯、堂・胡利安、堂・塞维罗、埃内斯托和佩皮托

〔埃内斯托和佩皮托在本场开始的时候站在舞台的深处，上场之后就分开了，埃内斯托站在堂・胡利安身边，佩皮托站在特奥多拉身边。

六个人在舞台上从左到右地排列顺序为：堂娜・梅塞德斯、佩皮托、特奥多拉、堂・胡利安、埃内斯托和堂・塞维罗。

埃内斯托

〔站在舞台的深处，观察了片刻堂・胡利安和特奥多拉。走上舞台，开始旁白。

这是真的，确确实实发生了。

堂・胡利安和特奥多拉果真在这里。

刚才那个蠢材（指佩皮托）告诉我，

〔此刻，佩皮托走上舞台。

马德里城如今风言风语，这丑闻却是关于我们三个的。

塞维罗和梅塞德斯已经将流言告诉胡利安和特奥多拉，

他们已经知道了那些不堪的话语。

我以为佩皮托是随口胡诌，没想到却是真真切切。

佩皮托 （看着舞台上的人，表情惊诧）

晚上好，快吃晚饭了吧？希望你们有一个好胃口！

哦，特奥多拉，这是王子剧院的包厢月票。

你让我去剧院办理月票延期，我已经去过，

并且已经办好了，给你。

你好，堂·胡利安。

特奥多拉 （接过月票，动作机械，表情呆滞）谢谢，佩皮托。

埃内斯托 （放低声音，对堂·胡利安）发生什么事了？

特奥多拉好像有点儿不对劲儿。

堂·胡利安 没什么事，你不要再问了。

埃内斯托 （放低声音，对堂·胡利安）可是她正在哭泣，

你看，她的表情那么悲伤，到底怎么了？

堂·胡利安 （不由自主，无法控制）不要再问了！

特奥多拉是我的夫人，她的事你不要插手。

〔停顿片刻，堂·胡利安和埃内斯托相互看了一眼。

埃内斯托 （旁白）这样的局面太难堪了，气氛实在诡异。

每个人都心事重重，他们刚刚在说什么？

我不知道他们有什么古怪，今天实在太过蹊跷。

在这种尴尬之中，我真是无地自容。

佩皮托 （指着埃内斯托，小声地对堂娜·梅塞德斯说）

埃内斯托真是开不得玩笑，

我不过是说了特奥多拉几句调侃的话，

他就暴跳如雷，仿佛想要我的命。

真是疯得不轻!

埃内斯托　(大声地, 情绪十分悲痛而又带着愤怒, 态度非常坚决, 表情严肃高尚)

堂·胡利安, 我是一个莽撞冒失的年轻人,

很多想法还很幼稚, 有时候甚至非常冲动,

做出来的事情不合常理, 让人费解。

很多人认为我十分傲慢、自命不凡、目中无人。

确实, 我对人情世故一窍不通, 说话的时候也笨嘴笨舌,

不能表述明白我要告诉你的事情。

有些话我却不得不说,

我知道这些话会非常伤人, 让爱护我的人寒心,

但是这些话却都是我的肺腑之言, 是我最真实的想法,

我想将这些心里话告诉你们, 乞求获得你们的谅解。

自你将我从家中接到这里, 对我的照顾我感激涕零。

生活陷入困境的我, 如今衣食无忧,

这全都仰仗于你的慷慨仗义。

像你这样乐善好施的保护人, 我从没有遇到过。

为我解除处境的困扰, 为我安排了秘书的职位,

这样周到的呵护, 我会铭记。

但是我不愿意担任这一职位, 不能辅助你的生意,

请你另寻其他合适的人选。

这个想法我反复考虑了很久, 如今才向你倾诉。

你的恩情我无以为报, 真是惭愧。

请你原谅我这个愚笨的人, 原谅我这样不识抬举。

堂·胡利安　为什么拒绝? 请告诉我这其中的原因。

埃内斯托　我是一个生性自由散漫的人，

不愿意被谁束缚，也不想固定在一个地方终老。

我不想接受别人的施舍，而自己的选择权利被剥夺。

我的父亲对我无可奈何，

因为我放纵任性，不愿墨守成规。

做自己想做的事情，这才是我的人生追求。

我不想做一位秘书，每天被困在狭小的办公室中，

只是整理文档，处理琐事，这不是我理想的工作。

我的脑中充斥着天马行空的异想，

每天都沉浸在幻想的世界中，不问现实如何，

所以至今对人情世故十分生疏。

每个人都有自己所渴望的自由，

正如鸟儿想要在蓝天中翱翔，鱼儿想要在大海中畅游。

我想去世界各地游历，增长见识，开阔眼界。

体验不同的风土人情，欣赏迥异的景色风光。

如果可以，我愿意成为第二个哥伦布，

登上远航的船只，向着未知的大陆前行，

探索神秘的新大陆，发现令人惊异的另一个世界。

我的身体中流窜着冒险的冲动，

想要追求刺激，不愿稳定安逸。

堂·塞维罗，我说得是否合情合理，是不是异想天开？

请你告诉我你的看法。

堂·塞维罗　如果你这样去想，

那么可以说你已经不再是那个幼稚冲动的年轻人了。

你说的这些合情合理，并不是异想天开。

你是一个有责任心、有担当的人，

对自己的未来经过了慎重的考虑。

经历了人情世故的冷暖、现实生活的艰辛，

你已经变得成熟稳重，这是确定无疑的。

我们的看法不谋而合，你的所想也正是我的所想，

从一开始便是如此。

堂·胡利安　你认为作为我的秘书，

就是被束缚在办公室中做些枯燥的工作？

你认为外出冒险，自由地游历，

才是真正的自由？

你确实是一个任性放纵的年轻人，

还在追寻着刺激的生活。

如果你要去周游各地，也就意味着你要离开这里。

难道说，到现在你还觉得在这里生活，

是一种屈辱、一种折磨吗？

你现在还没有工作，也就没有收入，

外出游历的费用你如何解决？

堂·塞维罗　埃内斯托想去哪里，

就让他去哪里吧，这是他的自由。

你总不能将他囚禁在家里，像犯人一样看管。

你是他的保护人，

难道不应该为他解决费用的问题吗？

你对他如此关心，这样的照顾也是应该的。

（对堂·胡利安）旅行中所有的花费，你都会为他付账吧？

你向来慷慨，对埃内斯托更是如此，

负责这些开销只是你的举手之劳。

埃内斯托 （对堂·塞维罗）这样的给予是对我不幸的同情，

我的高傲不允许我接受这样的照顾。

正如那些恶毒的流言，我永远也不会承认。

流言是确有其事吗？不，它们都是凭空捏造。

可是它们却实实在在地将我贬损，污蔑了我的尊严。

（停顿片刻）

无论如何，和你们的分别在所难免。

今天说了再见，以后我们都不会再相遇，

这样的分别其实是永别。

面对这样的情景，纵然泪如雨下，纵然无可奈何，

也无法左右注定的命运。

分别是凄凉的，再见也说不出口，

这样的痛苦没有人会喜欢，但是却没有人能够拒绝，

我们无法逃避分别带来的悲伤，也无法装作若无其事。

不如让我们用拥抱代替再见，用温暖代替痛苦，

我们的相遇如此美好，让我们的分别也画上圆满的句号。

（对堂·胡利安）堂·胡利安先生，从今往后，

我们再也没有任何关系，

我辜负了你的厚爱，请你宽恕我。

堂·胡利安 （旁白）他们两个那是怎样的眼神哪！

你深情地凝视我，我专注地看着你。天哪！

特奥多拉 （旁白）这样的品行多么高尚！

这就是埃内斯托，他就是这样品德高洁的人。

埃内斯托 堂·胡利安先生，你怎么了？

我们就要永远地分别了，

难道连这最后一次的拥抱你也不肯吗？

还是说，有什么阻挡了你的脚步？

（伸开双臂走向堂·胡利安，堂·胡利安将埃内斯托抱在怀中，两个人紧紧相拥）

堂·胡利安 不要再说这样的傻话了，埃内斯托！

你不是狡猾奸诈的人，对我向来没有隐瞒。

你是如此坦率的青年，我怎么能够对你有所怀疑？

我对你如同亲生儿子，不会对你使用任何心计。

对你的给予不求回报，对你的爱护不求感激。

我们曾经就这样拥抱过，现在又怎么不肯相拥？

我的心中没有犹豫，对你仍然一如既往。

但是我们将来也会这样拥抱，你能明白吗？

这次的拥抱不是为了告别，不是为了再见，

只是平常生活再普通不过的一次拥抱，

是我们两人之间的真情流露。

它和往常一样，感情真挚，没有他想。

这件事情就是如此简单明了，我已经看得一清二楚。

所以，分别的话不要再提，我不会允许你离开。

这里就是你的家，你又要流浪到哪里去？

你那些冒险的游历，也放在心里吧！

对我而言，这些都是如此虚幻，不可能实现；

对你而言，探险更是超出了实际、异想天开。

堂·塞维罗 不让他走？胡利安，你要他留在这里？

堂·胡利安 没错，这正是我的意思。

我真心想将他留在家里，继续照顾、爱护他。

他依然是我的孩子，我依然是他的保护人，

这样的关系天长地久，不会改变。

直到我的生命逝去，这样的承诺才会结束。

在此期间，我的心意始终不变，

任何困难都不会让我更改这个决定。

那些恶毒的谣言满城遍布，

它们虽然是信口胡诌，没有任何的事实凭据，

却依然能够折磨人的意志，侮辱人的尊严。

人们指指点点，对我的一言一行都投以鄙夷，

用流言将我定罪，将我的善良蒙上羞耻。

名誉受损让我痛心不已，满身脏污让我抬不起头。

即使谣言愈演愈烈，我的意志也永远坚定。

埃内斯托年轻单纯，他的想法如同小孩子一样幼稚，

他总是异想天开，离开的话语想说就说。

有时候又是如此狂妄，失去了理智和聪明，

让纷乱的情绪指挥自己的行动，简直愚昧无知。

但是只要他想走，想离开这个家，

我都不会允许，他只能留在这里。

堂·塞维罗　你这样做真是……

堂·胡利安　好了，不要再讨论了，

这件事情到此为止，我不想再说了。

晚饭时间已经到了，珍馐美味已经准备好，

让我们一起用餐吧!

埃内斯托　我要离开，请你不要再挽留我!

没错，你对我像对待亲生儿子一般，

不仅帮助我、支持我，而且理解我、开导我。

你对我竭尽所能，煞费苦心，

付出的不只是金钱和精力，还有心血和名声。

你所做的这一切已经极尽父亲的职责，我无以为报。

我还是要和你们分别，离开这个家。

堂·胡利安　既然这里就是你的家，

我们对待你亲如一家，你又为何想如此急切地离去？

还是说，像曾经提到的那样，

我对你的照顾成了你的负担，对你的慷慨是一种屈辱，

在这里生活如同乞讨，我们如同债主给你带来难堪，

让你生活在虚假之中，不能自由？

埃内斯托　不，我不是这个意思。

曾经我口不择言，说的都是些忘恩负义的话，

请你原谅我的莽撞和狂妄。

堂·胡利安　既然不是这个意思，那就不要再解释了。

已经到用餐的时间了，不要在这里拖拖拉拉了。

让我们一起去吃晚饭吧！

（对埃内斯托）陪着特奥多拉去餐厅吧。你去挽着她的手臂。

埃内斯托　（看着特奥多拉，犹豫不前）特奥多拉……

特奥多拉　（看着埃内斯托，犹豫不前）埃内斯托……

堂·胡利安　去吧，去挽着特奥多拉去餐厅。

你们曾经也是挽着手去，现在就像那样做吧！

〔埃内斯托和特奥多拉都犹豫不决，谁也没有主动去挽对方的手臂。

最后，埃内斯托走向特奥多拉，特奥多拉挽着埃内斯托的手臂。但是

两个人谁也不看谁，动作也机械麻木，非常不自然。演员表演这些动作时，可以根据情景自己掌握。

（对佩皮托）还有你，孩子，

让你的母亲挽着你的手臂吧！（堂娜·梅塞德斯挽住佩皮托）

塞维罗，我亲爱的弟弟，

他们各自挽着，就让我们两个一起走吧！（走向堂·塞维罗）

我们全家人一起去餐厅用餐，大家其乐融融，不要再争吵，

不要再谈论什么污秽的谣言，也不要说什么幼稚的念头，

让我们举起酒杯，痛快地喝尽美酒，忘掉不快。

谣言终究是谣言，那些居心叵测之人，

听到没有根据的传闻也会浮想联翩，信以为真，

对流言不加辨别就大肆散布，从不探求事实的真相。

即使这些可耻的事情没有真正发生，

在他们的信口胡诌中最终也会变成事实，

好像他们亲身经历，耳闻目睹一样。

流言践踏了别人的自尊，剥夺了别人的生命。

那些传谣的人在暗处做着这一切，

我却依然能看到他们阴险恶毒的用心，让人不寒而栗。

在我面前，这些谣言算得了什么！根本不足挂齿！

我鄙夷这样无耻可憎的恶行，厌恶心狠手辣的小人。

这些都在我的世界中消失吧！

人们想知道，在听闻了这样不堪的流言之后，

我会怎么对待埃内斯托和特奥多拉，

想看看我是不是大发雷霆，特奥多拉是不是羞愧内疚，

会不会让他们两个永世不得相见。

我应该将墙壁改换成透明的玻璃，

房子外面的人就会对我们的所作所为一览无余。

在房间中点燃明灯，明明白白地照个清楚。

看看我们家的人是多么团结和睦，相亲相爱！

并没有他们以为的分崩离析，大动干戈。

这就是我，胡利安，如何对待这些可鄙的流言！

〔仆人上场，身穿黑色礼服，系着白色领带。

摆上晚饭吧。

仆人 已经摆好了，先生。

〔仆人将餐厅的大门打开，可以看见这是一间非常豪华而且考究的餐厅。餐厅内摆放着一张非常大的餐桌和几把餐椅，屋顶高悬着一盏吊灯。

为了能够生存下去，我们才吃饭。

可以说，吃饭是为了活着。

晚饭时间已到，他们却浪费时间去争论那些所谓的谣言。

这样做太愚蠢了！不吃饭怎么活下去？

请进！（请主人们进入餐厅）

特奥多拉 梅塞德斯，请进！

堂娜·梅塞德斯 特奥多拉，你先请吧！

特奥多拉 你们请进吧！

堂娜·梅塞德斯 还是你们先请吧！

特奥多拉 梅塞德斯，不要客气了，你们请进吧！

〔堂娜·梅塞德斯和佩皮托先进入餐厅，慢慢地走在前面。特奥多拉和埃内斯托却站在原地，没有向前，像是沉浸在思考之中。埃内斯托转过头来，注视着特奥多拉。

堂·胡利安　天哪，他们两个又在做什么呀？

特奥多拉不知道在想什么，又在默默地流泪。

而埃内斯托，还在注视着她，那是多么关切的眼神哪。

〔堂·胡利安和塞维罗慢慢地跟上了特奥多拉和埃内斯托。特奥多拉还在擦拭着眼泪，犹豫不决地走走停停。

（旁白，对塞维罗）他们两个在做什么？是在互诉衷肠吗？为什么我听不到他们说话的声音？还是说，他们故意放低了声音，让我们无从得知他们说话的内容。

堂·塞维罗　我可不知道这两个人在做什么，也许是在说悄悄话。

堂·胡利安　他们两个人在看我们，为什么？

他们听见我们的议论了，

或者，是他们谈话的内容涉及我们？

〔特奥多拉和埃内斯托停住脚步，向堂·胡利安和堂·塞维罗迅速地回头看了一眼，又向餐厅走去。

堂·塞维罗　你看出他们之间的蹊跷了？如今你总算是把真相看明白了。

堂·胡利安　不，这不是事实，你说的都是谣言。

他们两个之间并没有暧昧，也没有什么可耻的事情，

传闻都是无中生有，故意陷害，让我们都蒙受了羞辱。

但是这些谣言的力量竟然如此强大，

众口一词让我的坚定意志都有了动摇。

居心叵测的谣言就像让人窒息的毒气，

它们无处不在，无孔不入，让人无法抵抗。

啊，这可耻的谣言已经侵入了我的世界，

我已经不能安宁。

〔和堂·塞维罗一起走进餐厅。

〔幕落。

第二幕

〔埃内斯托的房间。这是一间狭小的房间，布置非常简单，陈设十分简陋。舞台的深处有一扇门。房间的右侧也有一扇门，通向另一个房间。房间的左侧有一个阳台。屋子中有一个书架、一把扶手椅和一张桌子。书架是松木做的，上面摆放着几本书。桌子在房间的左侧，两个相框并排摆放在桌子上。相框比较小，其中一个相框中放着的是胡利安的照片，而另一个相框中的照片好像被拿掉了，只剩下空空的相框。桌子上有一盏油灯，已经熄灭。桌上还放着一本但丁的《神曲》，书翻开着，正好是有关弗兰齐斯嘉①那一页。书的旁边还放着一张纸片，已经被烧黄。桌子上还凌乱地放着一些纸张和戏剧手稿。这个房间十分寒酸，没什么家具和摆设。

白天。

第一场

人物：堂·胡利安、堂·塞维罗、仆人

_____

① 参见序幕第四场。

〔三个人从舞台的深处登场。

堂·塞维罗 埃内斯托呢？你的主人还没有回来吗？

仆人 是的，先生，他还没有回来。

他已经出去很长时间了。

堂·塞维罗 没在家也不要紧。

他不回来，我们就等他回来。

埃内斯托总不至于永远在外面不回家吧？

既然他会回来，我们总能等到他的。

仆人 正是如此！

埃内斯托向来守时，一举一动总是遵守规定的时间。

他总是在这个时间回来，应该不会等太久。

堂·塞维罗 好了，我知道了！

这里没有你的事儿了，你先出去吧。

仆人 是的，先生。

如果你有什么需要我做的，请你吩咐。

我就在门外等候，你可以随时喊我。

〔退至舞台的深处候场。

第二场

人物：堂·胡利安和堂·塞维罗

堂·塞维罗 （环视整个房间，四处观察着）这房间真简单！

除了这桌子、椅子和书架，

没有什么家具，也没有什么摆设，

我从没有见过布置得这么简单的房间。

堂·胡利安 简单？用简单这个词来形容可不恰当，

我觉得这间房间绝对可以称得上是简陋。

想想我们的客厅和餐厅，再看看这寒酸的陋室，

真是无法想象埃内斯托住在这样的地方。

堂·塞维罗 这个世界上竟然还有这样的地方！

你看看这卧室，竟然只有一扇门。

埃内斯托在这里是怎么住下去的呀？

要是让我住在这里，一天我也住不下去。

〔看看房间右侧的门，又看看舞台深处的门。

哦，还有一间办公室在前面。

我看就只有这些了，这房间也太小了！

堂·胡利安 埃内斯托之所以现在沦落到这样的地步，

住到这样狭小又简陋的房子里，生活贫苦，

都是那些恶毒的谣言害的呀！

人们对这些信口雌黄的谣言，不假思考就信以为真，

于是都变成了传播谣言的帮凶，一传十，十传百，

谣言慢慢发酵，最后满城风雨，积毁销骨。

这样的行径犹如诱人下地狱的撒旦，

使用的武器却是口舌！

他们说埃内斯托忘了我将陷入生活困境的他拯救出来，

背弃了我对他庇护有加、照顾周到的情义，

做出的事情辜负了我的一片善意好心。

他们说埃内斯托和特奥多拉之间隐藏着不可告人的关系，

因为他们总是避开众人，躲到暗处说说笑笑。

没有人知道他们说了什么，这样的神秘却更让人浮想联翩。

他们说那两个人更有着难以启齿的牵绊，

他或她为了一时的愉悦，将整个家庭抛诸脑后，

最后被社会公德所不容，人人唾弃。

堂·塞维罗　埃内斯托搬出来是因为他想要自由，

他是一个轻狂任性的年轻人，渴望刺激和冒险，

想要周游世界，不愿被束缚在小小的办公室中。

他如此高傲，也不看重金钱，

不愿意接受你的帮助，也不愿意你对他的开销负责，

所以才住进这间陋室之中。

他的决定经过了深思熟虑，去哪里都是他的自由。

你无法永远照顾他，也无法永远限制他。

堂·胡利安　塞维罗，埃内斯托搬出是谁造成的你不知道？

你竟然还能说出这样冠冕堂皇的话来！

明明知道真相，为什么还要用这样的理由来掩饰？

谁把他逼出家门，谁让他无家可归，你还不知道？

堂·塞维罗　我知道什么？莫非你是在说我？

是我让他无家可归，让他住进破旧的小房子里？

堂·胡利安　没错，是你，让埃内斯托流离失所，

让他没有家人的庇护，生活再次陷入困境之中。

不，你只是谣言的传声筒，

最可憎的是那些造谣之人，还有那些传谣之人！

他们捏造的谣言果真有其事吗？没有！

只是捕风捉影，加上用心险恶的想象。

他们传播的谣言真是亲眼所见吗？不是！

只是道听途说，加上无聊卑鄙的猜测。

他们造谣的时候，

没有想到这会对我的家庭造成怎样的危害；

他们传谣的时候，

也不会想到我和特奥多拉的名誉会如何。

人们只是任由无耻的谣言肆虐，

却不知道无辜的人受到了地狱般的折磨！

这样的小人不只有你，不只有那些无知之人，

还有我，埃内斯托的保护人，特奥多拉的丈夫。

是我的所思所想，让本应由我保护的年轻人离家而去，

即使远走，我也没有想过要阻拦他。

埃内斯托如此清高自傲，他不愿意受谣言的污蔑。

而我是这般冷酷无情，意志又不坚定，

明知谣言并不可信，却依然轻信了这些话，

对他们的清白产生了怀疑，

以为他们做出了什么不可见人的丑事，

我忌妒他们之间的亲密，冲动蒙蔽了我的双眼，

这样的我真是一个懦夫！

塞维罗，你应该知道我们的财富来自何处，

也应该知道我们为何能有现在这般安逸的生活。

我们居住的美轮美奂的府邸，

只是客厅就比这间房间不知道要大多少倍，

更不要说那奢华的装饰和考究的摆设，

是用多少金钱堆砌出来的。

作为银行家，人们从我这里贷走需要的钱财，

我为他们的批条签名，这样的批条不知有多少。

若是没有雄厚的资金、富有的家产，

我又怎能成为成功的银行家？

我们现在的生活衣食无忧，财富源源不断，

为他人付出可以不计回报，出手阔绰。

这样富足的生活，源头在何处？

堂·塞维罗　你这些问题可把我问住了，

因为我不知道它们的答案，

我也不记得金钱是如何而来，我们又如何富足，

也许这一切就是理所当然。

堂·胡利安　理所当然？

是呀，我们如今唾手可得的财富，

谁还记得当初得来如何不易？

自以为可以坦然地享受生活的安逸，

却不知道当初帮助我们的人做出了怎样的牺牲。

他是一位善良的人，一位尊贵的先生，一位高尚的朋友。

为了保护我的父亲宁愿身败名裂，倾家荡产，牺牲生命，

他却不贪图我们的报答，似乎这才是理所当然。

毫不吝啬，没有私心，

现在又会有谁能为朋友如此赴汤蹈火？

谁又能为朋友做出这样的奉献和牺牲？

已经没有人可以做到。

他值得我们敬佩，值得我们铭记。

我愿意付出我最宝贵的声誉、最珍视的生命，

我愿意慷慨地付出我的一切，来回报这样的恩情。

堂·塞维罗　如你所说，你已经付出了你宝贵的声誉，

流言蜚语将你卷进了这场可耻的丑闻之中。

每一个人都对你指指点点，我也为之痛心不已。

所有这些只为报答当年朋友的帮助，以此还不足为报吗？

更何况，你的家庭就快要破裂，幸福也要失去，

只为了昔日的承诺，你的牺牲还少吗？

为了庇护埃内斯托，你煞费苦心，殚精竭虑，

比亲生父亲更尽责任，对待自己的孩子也不过如此。

你觉得自己做得远远不够，为每一件事情忏悔自己，

却不知道那些可耻之事错不在你，

你不应该承担不属于你的义务。

看清楚吧，你的报恩已经足够，这样的要求太过苛刻。

世人都不会指责你的付出，因为你已经奉献了所有。

够了！你付出得太多，应该停止了！

一个人不能为了报恩把自己的一切都毁了。

你这样没有限度的报答恩情，竭尽所有的慷慨无私，

连先知圣人的门徒都无法做到，更何况我们普通人？

那已经逝去的人，他还要如何向你要求回报？

埃内斯托这个小伙子，你知道他的性格和脾气。

他才华横溢，锋芒毕露，

所以恃才傲物，桀骜不驯，又高傲狂妄。

他的思想太过天马行空，

总是活在自己的幻想世界中，不懂人情世故。

如此乖僻执拗的人，你又如何改变他的决定？

那些日子，他经历了人情世故的冷暖，

知晓了自己言行的过错之处，看到了自己造成的伤害，

也经过了反复深入的考虑，不再幼稚冲动。

他的决定不是异想天开，他的离开也合情合理。

你不可能一辈子为他筹谋规划，将他养在你的羽翼之下，

更何况他已不是年幼的儿童，需要父母无微不至的照顾。

他总要学会为自己负责，成为一个成熟稳重之人。

如果他不能为自己负责，以后的生活才会更加艰难。

埃内斯托想去的地方，当然是他愿意去的地方。

他渴望自由，不愿束缚，

他想要去探险，不想被庇护，

他不愿意待在原来富丽堂皇的家中，

愿意来到这间简陋破败的小屋，

这都是他的自由，你无法改变。

若是你阻拦他的离开，不是将他当成了你监管的犯人？

我想，这也不是你的本意。

如今他一个人生活在这里，无人照顾，

也没有安逸富足的生活让他享受，

只能再次陷入困境之中，勉强过活，

这样的凄苦境遇只能算他自讨苦吃，不能怨天尤人。

谁也不应该为他的苦难负责，只有他自己。

他虽然涉世不深，但也可以凭借自己的本事谋生糊口。

既然他已经离开，已经无法挽回，你又何必再责怪自己？

就算悔不当初，也于事无补。

堂·胡利安　在我看来，那些捏造谣言、信口雌黄的人，

都是些无所事事、游手好闲之徒。

他们对别人的家庭横加干涉，这真是多管闲事。

道听途说、捕风捉影，最后都变成了言之凿凿。

他们满不在乎，却不知道这样的谣言，

伤害了多少家庭，摧毁了多少婚姻，破坏了多少幸福。

我们失去了宝贵的名誉，在丑闻中胆战心惊。

可在他们眼中，这些事情都是玩笑，是他们嘲弄的谈资，

我们沦落为笑柄，在他们口中成为可耻之人。

我将埃内斯托拯救出生活的困境，

给予他周到的照顾和庇护，为他筹谋未来，

这一切都源于他的亲生父亲对我恩重如山，

为我的家庭牺牲奉献了名誉和生命。

在我心中，埃内斯托就是我的亲生儿子。

在特奥多拉心中，埃内斯托就是她的同胞兄弟。

对待埃内斯托，我们尽心尽责，毫无他念。

既然我们亲如一家，别人为何又要说三道四？

他们为什么不能老老实实待在自己家中，

忙自己的事情呢？

若是人人如此，就算听到什么风言风语，

也无心去探寻其中的隐秘。

没有人在乎谣言，没有人传播谣言，

谣言又怎会肆虐全城，人人皆知？

还不是他们对别人的家事太过好奇，总想探寻究竟，

将捕风捉影、毫无根据的戏言慢慢发酵，

最后竟成了将我们贬低到尘埃里的羞耻丑闻！

他们遇到任何才子佳人都会如此无聊地闲言碎语吗？

无论是在餐厅共同进餐，去剧院欣赏戏剧，

还是在林荫道上一起散步，都是错误的事情吗？

埃内斯托年轻帅气、才华横溢，

特奥多拉貌美如花、天真烂漫，

难道这样的优秀，即使什么也没有做，

也会被人指指点点，捏造出丑闻吗？

埃内斯托是个不知人情世故的年轻人，

他心地善良、知恩图报、清高自傲，

绝不会做出那些出格之事。

特奥多拉同样如此，她对我忠心不二，

对待埃内斯托只有关心和怜悯，

她怎是那种可耻的妇人！

只怪世人心胸太过狭窄，用意太过恶毒，

在他们的眼里，年轻男女之间没有任何纯洁的感情，

除了背后勾搭的感情和不可告人的关系，

友谊和怜惜纯属子虚乌有。

好，我们就算这些造谣之人说的话有凭有据，确有其事，

那些传谣之人看到的千真万确，不容置疑，

他们两个之间果真有什么见不得人的可耻行径，

辜负了我对他们的深情厚谊和关爱之心，

那么，我就如此有眼无珠，看不见两人的亲密无间？

还是我愚笨迟钝，对已经发生的伤害毫无感觉？

你我都知道，我不是那样的人。

我虽不能明察秋毫，但对于自己家中之事还算一目了然。

若是有什么奇怪的事情发生，我定能第一个有所觉察。

我做事虽不能万无一失，但是对他们却是了如指掌。

如果他们之间有了龃龉，我又怎会视而不见？

当尊严受到玷污，声名受到侮辱的时候，

我不会坐视不管，无所作为。

但是，我也不需要这些造谣之人帮我做些什么。

因为这帮小人居心叵测，用心险恶，

所做的一切只为中伤于人。

为了捍卫我的尊严、我的声名、我的家庭，

我会举起我手中的剑，用我的愤怒之心刺出，

刺向那些卑鄙无耻、忘恩负义的人！

堂·塞维罗 这些道理不言而喻。

无论是捏造谣言的人，还是散布谣言的人，

他们所做的一切已经伤害了一个家庭，

一个诚实善良的人。

他们鼓动唇舌，只为了用流言杀人，

让无辜之人承认根本就不存在的罪行。

你们对待埃内斯托一片好心，却被他人恶意揣测，

将尊严任意践踏，将仁慈蒙上羞耻。

可是胡利安，你是我的亲哥哥呀，

我们用着同一个姓，是真真正正的一家人。

当我听到你的名声被这些人侮辱时，

当我听到你在他们口中沦落成笑柄，

被他们无聊地嘲弄玩笑时，

我是多么痛心疾首、深恶痛绝呀！

你的名誉就是我的名誉，对你的伤害就是对我的伤害，
所有的一切我都感同身受。
对这样恶毒的谣言我忍无可忍！我必须制止！

堂·胡利安　如果我是你，遇到了这样的羞辱，
自然也无法忍受，绝不会无动于衷。
可是你也太过莽撞冲动，
将这些谣言带到我的家中大肆散布，
让我无比愤怒，让特奥多拉胆战心惊，
将我的家庭弄得乌烟瘴气，一片狼藉，
使它再也不是从前那个温馨和睦的港湾。
你为什么不能稳重小心行事呢？

堂·塞维罗　请原谅我的冒失和轻率，
让你和特奥多拉蒙受了这样的困扰和忧虑。
我太在乎我的哥哥，
一丁点儿的羞辱我都无法忍受，
何况是这样满城风雨的丑闻！
我想捍卫你的尊严，洗清你的耻辱，
却没有想到，家里变得一团糟。
谣言给你带来的伤害无法估量，
哪怕我只是造谣之人的传声筒，
也将混乱带到了平静的家中。
但是请你看到，是谣言把家里搅得一塌糊涂，
铸成此错的除了我，更不能忽略的是那些造谣之人。
就是他们将子虚乌有的事情捏造成可耻的丑闻，
再借着别有用心的想象，散布得尽人皆知。

（亲密而又热情地靠近堂·胡利安，兴致勃勃的样子）

胡利安，何必再想这些曾经烦扰纠缠你的谣言呢？

也许它们打乱过你的生活，让你不知所措，

你的尊严受到玷污，声名受到侮辱。

现在，都不必再想了！

谣言已经散去，你的烦恼已经结束，

你不再是人们口中嘲弄和玩笑的谈资，

也不再是肆虐的流言中可耻的主人公。

所有的一切都恢复了平静，这样的结局多么美好！

这都源于埃内斯托搬出了原来的家，

结束了会让人们浮想联翩的亲密，

停止了引发别人误会的不顾廉耻的行为，

让我痛心不已的传闻终于消失，

而你也不再怀疑他们之间的关系，如释重负。

如今，你可以像一个骑士一般策马纵横，

烦恼尽除，得到解脱，安然自得，无忧无虑。

堂·胡利安 　哪有你说的这般轻松？

谣言虽然已经散去，但是我的烦恼还没有结束。

我虽然不再是谣言的主角，不再是可耻的谈资，

但是谣言在我心中的余威尚在。

不，谣言已经在我的心中生根发芽，茁壮成长！

它将我的心灵占据，一点儿风吹草动就会让我惶惶不安。

曾经，我无比地憎恨那些造谣之人和传谣之人，

因为他们传播的谣言并不是事情的真相，

都是这些卑劣的小人信口雌黄，浮想联翩，

他们的猜测无聊而且恶毒，

让我和我的家人受到了地狱般的折磨，

哪怕风波已经过去，想起来依然提心吊胆。

如今，大家都以为我已经安然无事，

却不知道我依然受着谣言的煎熬，

无法卸下重担，畅快心胸，轻松自如。

因为每当我想起这些谣言，不禁会在心中犹疑：

为什么会有这样不堪的流言蜚语？

为什么谣言会散布全城，尽人皆知？

难道不是因为他们的行为疏于检点？

如果他们清白无辜，没有逾越规矩，别人又怎会无事生非？

无风不起浪，一切都是事出有因。

当别人对你指责怀疑的时候，也许就说明确有其事。

也许果真如谣言所说，这就是事情的真相。

相信和怀疑就像绳子的两端，

而绳子中间系住的，是我的心。

它们向不同的方向猛烈地拉扯着，

每一方力量都想将我占为己有，

让我服从它们的安排。

我该如何选择？又该何去何从？

当谣言闯入我的心中之时，

我已经失去了理智的判断，

我的灵魂已经被侵蚀，不再纯粹高尚。

无论是相信还是怀疑，我都无法坚定信念，

也无法说服自己站在任何一方，

因为无论如何选择，都会被相反的力量说服，
最后只能自己折磨自己，无法解脱。
怀疑已经在我的心中深埋，
我不能再像从前那样毫不犹豫地相信他们。
愤怒已经燃烧了我的灵魂，蒙蔽了我的双眼，
我无法平静地对待已经发生的一切。

堂·塞维罗　我看你是真的失去理智了。
现在的你已经在说胡话了，听听你都说了什么呀！

堂·胡利安　请你相信我，我说的都是肺腑之言。
我也许已经失去了理智，被愤怒冲昏了头脑，
但是我说的这些话却绝对不是胡话。
塞维罗，我的弟弟，
在你面前，我无须隐藏自己的想法。
我本想挽留埃内斯托，不想让他离去，
为何最后他却真的搬走，到了现在这间陋室？
当他背起行囊，走向大门，若是我坚定地阻拦，
他必不会辜负我的情意，违背我的决定。
而我之所以迟疑不前，恰恰是因为我的意志早已动摇，
对他的信任再不像从前，对他的关爱也不再真诚。
他第一次说要离去之时，我还愿意挽留，
再次提起，我却希望不再见他，只盼他早早走开。
你知道埃内斯托是多么地聪慧睿智，
他早已看出了谣言在我心中深种怀疑，
既然无法在家中立足，不如远走高飞，
哪怕凄凉孤单，也要自力更生。

怀疑将我的心紧紧纠缠，它将我的灵魂全部占有，

我听见它在我的大脑中叫喊着：

"把大门敞开吧，不要再挽留，

就随他去吧，离开也是他的自由。

等闲杂人等全部消失，就将大门紧紧关闭。

之后要做的，就是好好管束家中的一切。"

在守护着我的名誉的城堡中，我听见它说：

"城堡的作用就是守护主人的名誉，

一切可疑的言行都不能轻易放过，

一切可能犯错的人都不能随便原谅。"

这就是我矛盾的地方，也是折磨我的所在，

我说出口的是一种话，心里所想的却是另一种话。

因为怀疑在我的心中将我纠缠，我不知道何去何从。

而我的良心又在将我谴责，让我对犯下的错误惴惴不安。

说出口的话虽然热情关切，但是内心却残酷绝情。

可是我再铁石心肠，也并非心狠手辣，绝人生路。

埃内斯托离去的时候，我向他大喊：

"埃内斯托，不要走，请留在家里，和我们在一起。"

可是我心中想的却是：

"拜托，请赶快走吧，无论去哪里，只要别待在这里。"

对埃内斯托，我表现得对他坦诚相待，毫无隐瞒，

我向他打开怀抱，将他拥抱。

但是真相却是，我狡诈地骗过了他，藏匿了我的猜忌，

虚张声势掩盖了我的懦弱退缩和虚情假意，

我想要推开他、驱逐他，再也不愿意见到他，

也不愿意让他再回到我的家中，给我平添烦忧。

表面上我是高尚慷慨的银行家，庇佑他衣食无忧；

内心中却隐藏着龌龊自私的念头，怀疑他有暧昧之念。

亲爱的塞维罗，

刚直坦率的人不会说出心口不一的话，

也不会做出这样虚与委蛇的事情。

可是现在的我，却再也做不到从前那样的高尚率直，

我该如何是好？

（一下子瘫坐在扶手椅上，极其地灰心丧气）

堂·塞维罗　不要这样沮丧，胡利安，

打起精神来，别把自己说的这么不堪。

你有这样的疑心也在情理之中，我们都能理解。

何必苛责自己，让自己经受百般折磨？

你已经年过四十，特奥多拉才二十多岁，

她还是个年纪轻轻不知世事的女子，

看到年轻帅气又才华横溢的男子不免心动。

更何况她天真烂漫，容貌又如此美丽，

谁不会对青春貌美的她心之向往？

特奥多拉热情洋溢，对待感情毫无拘束，

你想看住这样一位妻子，只怕要多费心思。

堂·胡利安　住嘴，塞维罗！

你在说些什么！别再说这样侮辱难堪的话！

特奥多拉是我的妻子，我不允许任何人对她这般不敬。

即使是你，也应该给她足够的尊重。

特奥多拉不是任别人评头论足的某个无关紧要的人，

她纯洁温柔、善良热心，如同那明亮的镜子。

可是如今，这面镜子已经不再明亮，

卑劣的谣言如同阴霾遮盖住了镜面。

这归咎于造谣之人的可耻，我们的莽撞也不能忽略。

无聊的人们想要探究阴霾之下的镜中究竟有什么，

不甘人后聚集在镜前，如同那蜇人的毒蜂，铺天盖地，

把曾经照耀镜子的灿烂阳光全部遮蔽，归于晦暗。

甚至连成堆的蛆虫都在其中放肆地游走，

这让我如何看得下去！

我想要特奥多拉重新拥有那明亮又圣洁的镜子，

光芒四射的太阳，蔚蓝色的天空；

我想要毒蜂散去，蛆虫消失，阴霾不再。

这一切，都必须我亲手来做，

为特奥多拉带去光明和纯净！

堂·塞维罗　这样做是最好的办法。

这件事已经圆满解决了，你还有什么忧虑？

你已经摆脱了那些恶劣不堪的丑闻，

名誉已经恢复，顾虑也不复存在。

一切再好不过，你还有什么要求？

堂·胡利安　圆满解决？太难了！

我原以为谣言散去，埃内斯托搬走，

一切又会回到最初的样子，生活重新走上正轨。

但是我错了！事情怎会这样轻易地结束？

还有天大的难处在等着我去解决！

堂·塞维罗　有什么难处？难道你做的还不够？

我原本以为，混乱早就归于平静，

一切烟消云散，我们还是生活在原来的富足安逸之中，

享受着源源不断的财富和奢华悠闲的生活。

堂·胡利安　你错了，我也错了。

大家都以为我和特奥多拉驱散了阴霾，就可以重归于好，

但是事实却远不是这样。

特奥多拉不再像以前那样天真烂漫、活泼热情，

经历了这些恶毒谣言的打击，她的自尊已被污蔑，

哪怕人们不再指指点点，那些羞辱依然存在。

她背负着沉重的枷锁，心情再也不能轻松起来。

她见到我的时候，总是不言不语，黯然神伤，

像被狂风骤雨摧残过的花朵，没有一点儿光彩。

与她相比，我又能好到哪里去呢？

我已经向你倾诉了我的肺腑之言，你应该了解。

相信与怀疑在我的心中竞相牵扯，让我受尽折磨。

我想相信他们，怀疑又让我打消了念头；

我想怀疑他们，却不甘心从此失去家庭。

怀疑在纠缠我，让我对一切都疑神疑鬼；

良心在谴责我，我又如何狠下心来？

我不再像从前那样坦率，这都是怀疑和愤怒将我改变。

因为埃内斯托的搬出，谣言自然而然消散，

没有了疏于检点的行为和落人口实的把柄，

人们也不再好奇地探究我们的家庭，

可是我和特奥多拉之间却有了隔阂。

因为我对她的怀疑从未停歇，

对她的一言一行都不再信任，

似乎背后隐藏了什么不可告人的秘密。

我也想和她重归于好，可是却无能为力。

特奥多拉自然能感觉到我的疏远和冷淡，

但是她却责怪自己，她扪心自问：

"我亲爱的丈夫，我亲爱的胡利安，他为何如此愤怒？

为什么他看我的眼神充满怀疑？为何我们之间如此冷漠？

是什么阻拦了他将我紧紧相拥，让我们不再恩爱如初？

也许是恶魔将他的灵魂带走，不再正直坦率。

那恶魔又是谁捏造的谣言和杜撰的传闻？

他似乎又那么痛苦，是什么在折磨他，

让他不能平静地生活？

我的天哪，我深深爱着的胡利安，你到底在哪里？"

我和特奥多拉生活在同一个屋檐之下，

但是却又像陌生人一样生疏。

我们之间的距离越来越远，直至分开。

就像有一道阴影阻拦在我们之间，

虽然肉眼不见，心灵却能感受它的威力。

就是这道阴影，让我们不再像从前那样恩爱亲密，

让我们之间有了分歧，变得陌生；

这恐怖的阴影让我们失去了明媚的笑容，

失去了快活轻松的语调，失去了幸福的爱情。

从前的我们，彼此信任，相互坦诚，

没有任何的秘密，也没有任何的遮掩，

有什么心意都会向对方表明，从不会掩藏。

可是现在的我们，将心思全都包裹起来，

不再让对方看到，只戴着面具虚伪地活着。

从前的我们，总是无拘无束地促膝长谈，

那些倾心的聊天让我们开怀大笑。

可是如今，特奥多拉总是沉默不语。

她被忧伤缠绕着，我的世界从此也变得黯淡下来。

那场谣言的风波之后，

留给我的，是我从不曾有过的忌妒和怀疑，

留给特奥多拉的，是从来没有在她身上看到过的悲哀。

我怒火中烧，胡乱猜疑，

特奥多拉黯然神伤，泪流满面。

若说是谣言让我们的关系有了鸿沟，

那么，我的疑心就让这条鸿沟更加深邃。

也是这份疑心，沉重地伤害了特奥多拉，

辜负了她的情义，侵犯了她的自尊。

我和特奥多拉现在就是这样的感情和生活，

这让我心如刀割，痛不欲生！

堂·塞维罗　善恶终有报，凡事皆有因有果。

现在你们遭受的痛苦和折磨，正是对你们犯错的惩罚。

你曾经伤害了别人，如今你们也要付出代价。

对于人世间的问题，你向来清楚明白。

你已经看清楚你和特奥多拉之间的障碍，

为什么不想办法将这些阻碍你们幸福的屏障扫除？

你知道谣言对你们的伤害将会有多么严重，

为什么对它的余威疏忽懈怠？

问题已经解决，答案显而易见，就将它付诸行动吧。

堂·胡利安 说起来容易做起来难。

我也想改变我们之间的冷漠疏远，

可是所有的努力都是全然白费。

怀疑一旦在心中种下，就永远也无法改变。

当我对他们失去信任，我们的关系就再也回不到过去。

破镜难重圆，那道裂痕永远横亘在我们之间，

卑劣丑陋，却又触目惊心。

曾经的我，对于造谣之人嗤之以鼻，

却没有想到，有一天我也会被他们伤害得遍体鳞伤。

那些无中生有和中伤于人的闲言碎语，

对于我来说，简直是微不足道，

可是它们却将信任从我的心中偷走，

我再也没有足够的勇气面对生活的打击。

那些背后嚼舌根的无聊小人，我对他们鄙夷不屑，

可是他们的恶毒之心却诱惑我下了地狱，

让我在堕落、愤怒与忌妒之中，失去了理智。

我明明知道那些流言毫无根据，那些小人居心叵测，

却依然害怕将来有一天，

谎言变成真相，一切天翻地覆！

当特奥多拉离我越来越远，离他就越来越近，

我就失去了我的妻子，而他却得到了特奥多拉。

你告诉我，这样的结果不会出现，

我担心的未来不会应验！

（紧紧抓住堂·塞维罗的手臂，脸上的表情显示出他内心无法克制

这场谣言让我看清了我和埃内斯托的不同，

但这更让我妒火中烧。

我是一个容易醋意大发的人，

想到别人觊觎我年轻貌美的妻子，我就无法自控。

表面上我仁慈慷慨、正直坦率，

实际上我却虚与委蛇、龌龊自私。

嘴上说着漫天的谣言令人鄙夷，

无尽的侮辱也无法动摇我坚定的意志。

可内心中却被忌妒和怀疑纠缠，

挣脱不开谣言给我设置的陷阱。

可是你再看看埃内斯托，这样的年轻人谁能不爱？

哪怕是我，都对他欣赏有加。

他是一个难得的天才，见多识广，无所不通，

人人艳羡他的博学多才。

更何况他年纪轻轻，未来如何谁又能预言。

埃内斯托恃才傲物、桀骜不驯、自信清高，

却也内心善良、不慕名利、品德高尚。

作为一个剧作家，他沉浸在风花雪月的戏剧世界中，

天马行空，温柔多情，富有诗意。

这样一位浪漫有才、英俊潇洒的青年男子，

谁会拒绝他的魅力？

甚至连他搬出这个家去，也让众人对他唏嘘不已，

好像他是为了上帝而牺牲的教徒，

奉献了自己的幸福，只为谣言的平息。

在众人眼中，我们两个高下立判。

他是高高在上、光芒万丈的太阳，让人崇拜敬仰；

我却卑贱到尘埃之中，阴险恶劣被大家蔑视。

我们从一开始就没有站在同一条起跑线上，

纵然我竭尽全力向前飞奔，也追赶不上他的脚步。

塞维罗，就算你是我的亲弟弟，

也是这样评判我们两个的，不是吗？

是的，他比我不知道优秀多少倍，

我的一切早晚会被他夺去，包括特奥多拉。

这样的命运在劫难逃，我无能为力，

只能眼睁睁看着属于我的东西离我而去。

我和他有着天壤之别，这已经让我无比忌妒。

若是再加上谣言的煽风点火，

那么燃烧的怒火能将一切毁灭！

造谣之人将他们的亲密当作暧昧捏造，

可是谁知道以后两个人会不会真做出这样的事来？

流言蜚语满城传布，每个人的口中都说着同样的言辞，

时间久了，即使是谎言，大家也会信以为真。

舆论就是如此厉害，没有人能够抗衡。

没有人会去探究谣言之后的事实，辨别其中的真伪。

丑闻没有发生，也会在谣言中成为亲眼目睹；

无辜之人从没有罪行，也会被谣言定罪判决。

他们用尽各种方法证明两人之间没有任何龃龉，

大声呐喊出真相："我们是清白的！"

但是谎言听得太多了，我的心已经动摇，

也许有一天，想象也会成真。

堂·塞维罗　胡利安，振作点儿。

你已经被折磨到这样疑神疑鬼的地步了，

感情有了裂痕，生活也被打乱，

这全然不是原来的你了！

既然如此，不如就让埃内斯托走得远远的吧。

他想要离开欧洲，远行到南美，

从此和你的生活再无瓜葛，这样不是更好吗？

你不必再为他烦忧，不必怀疑会有什么威胁。

而他喜欢冒险，热爱旅行，生性放荡不羁，

远走高飞对他来说是得偿所愿。

两全其美的决定，你应该赶快同意。

堂·胡利安　你说得确实有道理，我没有异议。

但是我不能让他离开，他必须留在这里。

他要远行的想法我决不同意。

堂·塞维罗　不同意？你是疯了吗？

也许正如你所说，谣言已经让你失去了理智，

你竟然都无法判断如何去做对你才是有利的。

埃内斯托走了，你的生活就真正回到原来的平静了。

他如果留在这里，就算不在你的家中，你也经受着折磨。

布宜诺斯艾利斯，是他想去的地方。

那里远在南美，离你们千山万水之隔，

你还担心他能对你的家庭有什么影响？

就让他顺利地离开这里吧，别去阻碍他的旅程；

就让他漂洋过海，一路顺风，远走他乡。

也许过不了多久，大家就会将他遗忘，

他的痕迹荡然无存，仿佛从没有出现过。

堂·胡利安 塞维罗，你真是千虑一失。

埃内斯托的远行，未尝不是一件好事，

你说的这些，也是我曾经考虑过的。

但是事情远没有你想的这么简单，

不然这样两全其美的事情，我为何不立即答应？

如果我让埃内斯托离开西班牙这片国土，

特奥多拉就会以为埃内斯托是在我的压迫之下远离的。

我将他放逐到一万千米之外，

无非是因为我妒忌他的才华横溢和高尚品德，

疑心他们之间有暧昧之情和无耻之行，

只因为自己的忌妒和怀疑，就忘记了曾经的恩情，

这样的我如何面对特奥多拉？

塞维罗，我亲爱的弟弟，

你已经结婚生子，应该知道婚姻之中的种种道理。

在妻子的眼中，

如果敬爱的丈夫变成了可耻的小人，

那么他就不再是丈夫，而只是一个情夫。

在丈夫的眼中，

如果爱慕的妻子和他人在一起暧昧，

那么她也不再配做妻子，而要沦为一个情妇。

这样的妻子，不仅被丈夫看不起，受尽冷眼，

而且会让她的家庭破裂，让她的丈夫名誉受辱。

人人唾弃这样毫无廉耻的恶行，

她自己也不堪忍受千夫所指，无地自容，羞愧难当。
埃内斯托自愿离去，可特奥多拉不会相信。
在她心中，埃内斯托一定是于无奈之中做出了牺牲，
只为了让我们的生活重回平静。
特奥多拉如此善良，她定会念念不忘可怜的埃内斯托，
挂念他的生活，为他的未来担忧，
生怕他在异国他乡过得有一点儿不好。
即使音信全无，也不妨碍她的想念飘向远方。
我不愿意看到我的妻子这样思念他人，
我想你也是如此考虑。
可是我心中的愤怒不仅在此，
我对特奥多拉的担忧也不只这一件事。
谣言让我疑神疑鬼，让我对任何风吹草动都十分敏感，
特奥多拉的一言一行都会让我对她胡乱猜疑，
担心她对我不再忠心体贴，成了一个负心之人，
害怕无中生有也会成真，在忧虑中我变得心神不宁。
我不知道她对我的感情是否还像从前那么真诚，
我们的婚姻是否掺入了虚假和罪恶，
在谣言织就的这张无形大网之中，我越陷越深。
甚至当我看到她流下伤心的泪水，
我也不像从前那样，想要去安慰她、保护她，
而是怀疑这泪是为我而流，还是为埃内斯托而流，
是不是依然对他牵挂忧思，放心不下？
我想用愤慨的火焰焚尽这恼人的泪水，
我想用我的双手扫除一切牵连。

塞维罗，你是否能够理解我内心的焦灼不安？

堂·塞维罗 胡利安，请不要这样激动。

你已经陷入了疯狂之中，无法认真思考其中的曲折。

你明白现在是什么状况，也知道自己如何担忧，

那么，我们应该如何走出这样的困境，获得解脱？

堂·胡利安 恐怕没有答案，我们无能为力。

在忌妒和怀疑的包围中，我们只能默默忍受忧虑的煎熬。

戏剧的发展进行，从来都不由剧中人物定夺。

他们只能按照编剧的安排说话和行动，

哪里知道故事的结局将会走向何处，

又如何猜的到编剧将会让他们何去何从。

编剧对事情的对错从不仔细辨别，看到什么就是什么，

随手就写下了不可改变的结局。

现在这场剧会有怎样的进展，还要编剧来决定，

他想要如何收场，自有他的主意，我们只能等待。

堂·塞维罗 （向舞台深处走去）好像有人来了。

仆人 （站在后台，没有出场）主人快回来了。

第三场

人物：堂·胡利安、堂·塞维罗、佩皮托

〔三个人都站在舞台的深处。

堂·塞维罗 佩皮托，怎么是你？你到这里做什么？

佩皮托 （旁白）难道说这件事情大家都已经知道了？

我还以为没几个人知道这个消息，我算为数不多的几个，

没想到他们两个竟然也听闻了，真是让我丧气。

（大声地）你们都在这里呀！真是太巧了！

伯父！父亲！

（旁白）他们竟然知道这件事情，这太让人吃惊了。

是谁告诉他们的？难不成有人比我消息还灵通？

不可能，这绝对不可能，

但是，他们又是如何知道的呢？肯定有人透露。

到底是谁透露的呢？这让我费解。

（大声地）你们到这里，是来找埃内斯托的吗？

堂·塞维罗　到埃内斯托的住处来，当然是找他。

难不成还能在这里找到别人？真是多此一问。

堂·胡利安　他做出来的疯事你也知道了？

这孩子现在疯得不轻，做出来的事情也如此荒唐。

虽然知道他向来疯癫，但是现在比以前更加执拗。

真是让我头疼！

佩皮托　他做出来的疯事……这个嘛。

我知道的也不多，都是别人已经知道的。

别人不知道的，我也不知道。

当然，都是很少的几件事。

堂·塞维罗　他明天就要离开马德里，在……

佩皮托　不可能，他明天要走，

但是今天就要解决这件事情。

堂·胡利安　（十分惊讶）解决什么事情？你在说什么？

佩皮托　这不是我自己说的，是佩佩·乌塞达告诉我的。

佩佩·乌塞达是内布莱达子爵的决斗助手，

所以他对事情的来龙去脉了解得一清二楚。

昨天晚上在俱乐部的大门前，我遇见了他，

和他聊天的时候他告诉了我他所知道的一切。

如果不是他，我哪里能知道发生了什么事情呢？

否则到现在我肯定还被蒙在鼓里呢。

这次决斗只有一个人能够活下来，

要么是埃内斯托刺死内布莱达子爵，

要么是内布莱达子爵将埃内斯托杀死。

你死我活，真是太惊险了。

你们不知道他们之间的决斗？

还是不知道埃内斯托和内布莱达子爵发生了什么事情？

堂·胡利安　当然知道！我们当然知道！

这次决斗的详情我们早就得知，一如你所知晓的。

我们已经掌握得一清二楚，不用你来告诉我们。

（语气非常肯定，做手势不让堂·塞维罗插话）

堂·塞维罗　什么？我们不……

堂·胡利安　（旁白，对堂·塞维罗）别说了，塞维罗。

（大声地）埃内斯托决定明天就要离开马德里，

到遥远的布宜诺斯艾利斯旅行。

因为我的意志不够坚定，才让他从我的家中搬走。

如今他又要去远行，我怎么能够忍心看他流浪漂泊？

既然我是他的保护人，承诺庇佑他一生安稳，

怎么能够眼睁睁看着他经受痛苦和折磨？

这个想法和他一样，太过疯癫！我决不同意。

今天他还要和人进行你死我活的决斗，

他的脑子中到底在胡思乱想什么？

即使他热衷探险，喜好刺激，

也不能以生命为赌注去决斗！

我来到埃内斯托的住处，就是想找到他，

当面劝阻他，让他打消这些疯癫的念头。

〔这场戏是堂·胡利安为了了解埃内斯托远行而来的，但是佩皮托提起埃内斯托和人决斗之后，堂·胡利安就假装知晓了其中的详情，哄骗佩皮托将事情的前因后果全盘托出。整个对话以及表演的细节，由演员自行处理发挥。

堂·塞维罗 （旁白，对堂·胡利安）埃内斯托要和谁决斗？

我怎么从没有听说这样的事情。你知道？

堂·胡利安 （旁白，对堂·塞维罗）我也没有听到风声。

我只知道他要远行，怎么会想到他还要和人决斗？

这真是匪夷所思，让人大吃一惊！

不过不用着急，真相马上便知，

我们很快就会知道这究竟是怎么回事。

佩皮托 （旁白）我可不是任人忽悠的傻子，

别想着骗我，让我上钩。

堂·胡利安 （用了解详情的语气，沉着地）

这场决斗不只是你死我活，更让人想不到的是，

和埃内斯托决斗的那个人，还是一位子爵。

这样的两个人竟然纠缠到一起！

佩皮托 没错，是一位子爵。

埃内斯托要和内布莱达子爵决斗，真是不可思议。

我听到这个消息的时候，也有些不敢相信。

可是事实就是如此，确实是一位子爵。

堂·胡利安　我之所以知道这次决斗，了解其中的详情，

多亏了一位正直的人，是他将这些事情告诉了我们。

这个人向来靠得住，所以消息应该准确。

他说，埃内斯托和内布莱达子爵有一场决斗，

很可能要牺牲其中一个人的性命。

引发决斗的时候非常惊险，情势十分紧张，

〔佩皮托听到这些不住地点头。

当时的场面一塌糊涂，混乱不堪，

〔佩皮托点头。

大庭广众之下两个人就大吵大闹起来：

"你这个骗子！鬼话连篇！"

"我说的都是真的！你竟然敢说我是骗子？"

这样的对骂没有停歇，说出来的都是粗鄙无理的言辞。

骂战升级，两个人也被愤怒点燃，越骂越激烈。

佩皮托　（克制不住激动，打断堂·胡利安，急于向他们夸耀自己知道更多的内幕）

正是如此，现场就是这样。

简直是人仰马翻，鸡飞狗跳。

我真不敢相信，

像埃内斯托那样文质彬彬的人，

像内布莱达子爵那么身份高贵的人，

竟然也会破口大骂，毫不顾忌身份和形象，

看来他们确实已被对方激怒，失去了理智。

不过，最让我吃惊的就是那一记耳光！真叫一个带劲！

打得那人脸上鲜血淋漓，血肉模糊！

真是太厉害了！大家都惊呆了！

堂·塞维罗　谁打了谁一记耳光？是……

佩皮托　你肯定想不到，是埃内斯托！

埃内斯托打了内布莱达子爵，不可思议吧？

堂·胡利安　这是意料之中的事情，有什么难猜？

只要知道当时的情景，结局自然可想而知。

（对堂·塞维罗）埃内斯托是个清高自傲的人，

更何况那个内布莱达子爵对他的自尊如此践踏，

污言秽语不堪入耳，羞辱谩骂无休无止，

谁能受得了别人对自己恶劣的诋毁？

像他那样的血性男儿，自然是怒火中烧，

打了内布莱达子爵这样的事情虽然让人惊讶，

但是也能想象得到。

一个人若是被愤怒冲昏了头脑，

什么荒唐离谱的事情都能干得出来，

何况只是一记耳光。

佩皮托　没错，你说得对，就是这样。

要是我听见那些话，肯定也会暴跳如雷。

埃内斯托也是实在无法忍受，才做出这样出格的事情。

堂·胡利安　我给你讲过，这件事情我都了解。

那位了解内情的人，已经把全部的细节告诉了我，

不然我怎么会对这件新鲜事了如指掌？

对当时现场发生的情景如同亲眼所见？

（语气肯定）现在的情势是不是很棘手？

这件事情非同小可，处理起来也很复杂，

没有想象的那么简单，真是既难办又危险。

（掩饰不住心中的焦灼着急之情）

佩皮托　你说得没错，非常棘手。

比我们想象的还要严重，我都不知道该如何是好。

一开始我都没敢和你们说，也不知道如何相告，

毕竟这件事情生死攸关，非同儿戏。

不过现在我也不用遮遮掩掩了，

你们已经知道了内情，这件事情也不需要保密了。

堂·胡利安　埃内斯托为什么要这么做？

他和内布莱达子爵的决斗有什么意义，他想得到什么？

这场羞辱究竟是为了何事？为什么竟然到了现在这种地步？（神情紧张地靠近佩皮托）

佩皮托　（故弄玄虚，停顿片刻）两个人的决斗可以说是生死一搏，

无论是埃内斯托还是内布莱达子爵，

都会拼尽全力置对方于死地！

〔以胜利者的姿态看着堂·胡利安和堂·塞维罗。堂·胡利安和堂·塞维罗的表情紧张，忐忑不安。

内布莱达子爵的剑术高超，是一位厉害的剑手，

他不害怕对方的决一死战，

所以决斗的时候他定会勇往直前，不会退缩。

堂·胡利安　那位子爵，内布莱达子爵，

争吵的挑起者，这么做是为了什么？

对他来说，这场骂战有何意义？

像他这样身份尊贵、承袭爵位的人，

为什么要和埃内斯托这个年轻人一般见识？

竟然到了决斗的地步！

这其中，到底有什么蹊跷？

佩皮托　说实话，也不算是内布莱达子爵挑起的争吵。

最开始的时候，根本就没有什么骂战。

这件事情的来龙去脉我了解得更多，

之前发生了什么事我比你们更清楚，

就让我详细地给你们说说。

〔停顿片刻，堂·胡利安和堂·塞维罗神情不安地靠近佩皮托。

埃内斯托原本计划明天开始启程远行，

离开马德里，去往南美。

你们应该了解，埃内斯托放荡不羁，

早就想要去周游世界，成为第二个哥伦布。

他不愿意接受给他安排的秘书工作，

觉得这对他来说是一种束缚和压抑。

他喜欢冒险刺激，布宜诺斯艾利斯这座城市，

对他来说简直是梦想之地。

对他这种脑子里充斥着天马行空幻想的人来说，

登上远行的航船去往未知之地，就是飞升天堂。

他准备先去南部的加的斯，那里有船只出海。

如果"熙德号"的船票有售，他将搭乘它航行。

如果一切顺利，他的探险就可以从此开始，

远走高飞，离开这片是非之地，达成自己的旅行心愿。

路易斯·阿卡拉斯这位可靠的推荐人，

愿意为埃内斯托写一封推荐信，这封信非常重要，

比任何一封推荐信都管用，意义非同寻常。

因为阿卡拉斯的信誉极好，人人愿意接受他的推荐。

埃内斯托需要这封信，这可以帮助他在新大陆立足，

如果没有，在布宜诺斯艾利斯的生活将困难重重。

埃内斯托为了拿到这封不同一般的推荐信，

去咖啡馆等待阿卡拉斯的到来。

他在咖啡馆坐着，其他人对他无暇一顾，

自然也不知道这个年轻的小伙子是谁。

谁也不认识他，谁也没在意他，

所以，没人看到他的表情发生了什么变化。

他愤怒的样子好像就要爆炸的火药桶，

满脸通红，向来温和的面庞慢慢扭曲，

额头上的青筋暴起，眼睛里迸发出仇恨的火花，

眉头紧紧地皱着，嘴唇抿着，拳头握着，

面目狰狞，怒不可遏，让人不寒而栗。

为何会有这样的变化，正是因为听到了不该听的话。

阿卡拉斯在咖啡馆有他专门的座位和桌子，

也有和他经常在一起聊天的客人。

当时这张桌子上就有一位这样的常客，

在阿卡拉斯还没有来的时候，是他在滔滔不绝。

那位客人大放厥词，口出脏言，真可谓卑劣恶毒。

他说的并不是什么重要的国家大事、社会要闻，

而是街头巷尾散布的谣言。

咖啡馆中那帮无所事事的人们，

自然不会放过这个造谣生事、说长道短的绝好机会。

他们将发言者围得密密实实，

你一言我一语只为那肆虐的谣言再添丑陋的一笔。

每个人都有从不同地方听来的小道消息，

现在又将这不知真假的事情故意夸大以博得关注。

咖啡馆中被这谣言搅得混乱不堪，昏天暗地。

汽车排放的尾气恶臭难闻，但是比这更臭的，

是人们捏造谣言的嘴巴。

为谣言添砖加瓦的人越聚越多，

每个人的嘴中都有不同版本的丑闻。

他们将这件事情拿上咖啡桌，

那大理石的台面变成了谣言的集散地。

这些既可耻又无聊的小人们，

表演的全是人心的可怕与恶毒，

而舞台，就是那张咖啡桌！

桌子肮脏混乱，早已失去往日的干净整洁，

变得和这群小人一般嘴脸。

他们狂饮着利口酒，污言秽语从未停歇。

菜肴已经掀翻泼洒，酒杯也七倒八歪。

烟头就在桌上堆积，油污糖渍覆盖了桌面。

这些人传播着谣言，又捏造着新的谣言，

可那些流言蜚语根本没有真凭实据，

全都是他们在添油加醋，无中生有。

那些心思歹毒的旁观者，听到出格的言辞满堂哄笑。

这些人胡编乱造是为了什么？

还不是把自己当成了高高在上的判决者，

将无辜的人踩在脚底，用谣言来给他们定罪。

这些游手好闲之徒，

将时间全用在横加干涉别人的事情上。

他们才不管他人的幸福和名誉，

只要有可以嘲弄的谈资，他们就全然不在乎。

在这些人的嘴里，

没有犯错的女人成了千夫所指的罪人，

成了人人唾弃的过街老鼠，

她的名字和"卑贱"画上等号，

等待她的只有众人的谩骂和鄙夷。

而正直善良的男人也将失去名誉，

自尊被抛弃在尘埃之中，

甚至家庭破裂、事业失败、一无所有，

从此再也无法在这社会中立足。

这些男人女人做了什么丧尽天良的事情吗？

没有，他们都是无辜的人。

只是因为他们活在造谣之人的嘴中，

所以一切脏污都被泼在了身上。

散布全城的种种谣言、件件丑闻，

不过是人们的闲言碎语，在背后说长道短，

不过是咖啡馆中餐桌上的谈资和绯闻。

这其中有多少是人们亲眼所见、亲耳所闻呢？

即便真的看见、听见，了解到的就是事情的真相吗？

有多少人愿意去探究谣言背后的真相？

全都是不假思索便信以为真，继续搬弄是非。

有多少丑闻中的男女主角蒙受着不白之冤？

只不过无力辩解，早就被无尽的谣言所埋葬。

这些对谣言的见解都是埃内斯托所想，

我在向他了解决斗的内情时，

他将这些看法全都告诉了我。

我从没有这样想过，也没有这样说过，

你们也了解埃内斯托，只有他才说得出这些话来。

堂·胡利安　继续说，不要停下来。之后又发生了什么事情？

佩皮托　之前的乌烟瘴气尚且能够忍受，

不过是咖啡馆中嘈杂了一些，充耳不闻也可求得安宁。

谣言就算卑劣无耻，德行高洁的人也会一笑了之。

可是埃内斯托却再也无法忍受这群小人的肆无忌惮，

只因为无聊的人们嘲弄完每个丑闻中的人物后，

将矛头指向了他最熟悉的一个人。

这个人对他恩重如山，他无以为报，

只愿意竭尽所能捍卫那个人的尊严，守护他的名誉，

又怎能允许别人说一句不好？

他向这些无耻之徒愤怒地质问：

"够了！你们这些小人，不要再嚼舌根了！

你们捏造的这些谣言，有哪一件是真实发生的？

全都是你们浮想联翩、添油加醋捏造出来的。

你们的心思如此恶毒，让我毛骨悚然。

血口喷人，恨不得用谣言将别人杀死，

将道听途说的小道消息添油加醋地随意卖弄。

那些被你们污蔑的无辜之人到底做错了什么？

他这样品行端正的君子，也要被你们泼上脏水？

你们说出这样的话来实在可耻！"

那群聚集在一起大肆谈论卑劣谣言的人中有人说话，

他知道的丑闻的主人公是一位夫人，

这位夫人的名字也被当即说出口，在场之人全都听到。

听到那位先生的名字时，

埃内斯托已经咬牙切齿，义愤填膺。

如今听到那位夫人的名字，

埃内斯托再也无法忍受这群小人的羞辱。

这位先生和夫人的名誉对他来说比他的生命还重要，

他哪里还管得了当时是什么情形，

又哪里在意是什么人在说这些污言秽语？

他带着一腔怒火冲向人群，这愤怒的力量谁能阻挡？

刚开始还聚集在一起的人们被他冲开，

内布莱达子爵被撞翻在地，埃内斯托和他扭打在一起，

咖啡馆成了阿格拉曼王①的战场。

两个人打得真叫一个天昏地暗，惨不忍睹。

其间的过程十分复杂，一两句话也表述不清。

但是最终的结局就是这样，

埃内斯托和内布莱达子爵将要展开比剑决斗。

就在今天，就在一间大厅之中，

但是这间大厅在什么地方，我就不知道了。

---

①意大利诗人阿里奥斯托（1474—1533）的传奇体叙事诗《疯狂的罗兰》中的穆斯林国王，曾经战败过查理大帝，围困了巴黎。

这就是我了解的这件事情的来龙去脉，

详情很明了，只是决斗地点尚未明确。

堂·胡利安 （用力地抓着佩皮托的手臂）你刚才说，

当时他们在对一位品行端正的君子口出脏言，

这位君子对埃内斯托恩重如山，

而埃内斯托对此怒不可遏，驳斥那群小人，

誓死捍卫这位君子的尊严。

你可是说，这位君子就是我？

佩皮托 胡利安先生，我……

堂·胡利安 既然这位先生指的是我，也就是说，

那位夫人就是特奥多拉，我的妻子？

我的天哪，就在那间乌烟瘴气的咖啡馆，

我和特奥多拉的名誉，

就这样在那群无耻小人的嘴中化成了丑闻！

我不敢想象，那群人会说出什么样的脏话来，

他们会将我们两个贬低到什么样的地步！

一想到我们曾经这样体面的人，

被他们肆无忌惮地嘲弄和羞辱，

我就痛苦得不知如何是好！天哪！

（双手捂着脸跌坐在扶手椅上，痛不欲生）

堂·塞维罗 （旁白，对佩皮托）你看看你做的好事！

做事从来都是毛手毛脚，一点儿也不稳重沉着，

也不想想这是什么事儿，就不管不顾全都说出来！

你以为自己知道得多，就到这里卖弄来了吗？

佩皮托 这件事情你们不是知道了吗？

胡利安先生说有人将内情告诉了他，

我以为他知道这场决斗是为了什么，

也知道人们对他捏造了什么可耻的谣言。

没想到是……

堂·胡利安　我从没想到我竟然沦落到被人如此羞辱的地步！

那群小人向来只会造谣污蔑，居心叵测犹如魔鬼，

任性妄为，无所顾忌，只为中伤他人，

却让我们身败名裂，无地自容！

啊，这是多么荒唐的世界，多么可怕的世界！

堂·塞维罗　（亲近地靠近堂·胡利安）好了好了，胡利安。

别那么丧气，我的哥哥。

堂·胡利安　我不是丧气，塞维罗，我还没有那么脆弱。

如果这些小人妄图用谣言就想将我打垮，

那么他们也太自以为是了。

之所以悲痛欲绝，是因为我太自卑。

每到这个时候，我就不再理智冷静，

而是疯狂冲动。（用力地抓着堂·塞维罗）

我到底做错了什么，值得他们对我如此关注？

我哪里得罪了他们，需要他们这样深恶痛绝？

在他们的口中，我的名誉一文不值，

我们所做的所有事情都肮脏龌龊，

谁给了他们事实说出那些卑劣的谣言来？

谁能告诉我，这都是为什么！

不，没有人知道他们要谋求什么，

答案是什么也无关紧要，我并不在乎。

我知道如何复仇，如何向他们索取公正，

因为我是一名骑士，我有锋利的长剑。

塞维罗，我亲爱的弟弟，你能否帮助我？

堂·塞维罗　胡利安，我尊敬的哥哥，

如果你需要我，我愿意为你做任何事情，

粉身碎骨也在所不惜！

（堂·胡利安和堂·塞维罗紧紧握着彼此的双手）

堂·胡利安　（对佩皮托）你是否知道他们何时决斗？

佩皮托　下午三点整。

堂·胡利安　（旁白）我绝对饶不了他！

我要杀死他！我不会留他的性命！

绝不会！哼，内布莱达子爵！

（对堂·塞维罗）我们走！

堂·塞维罗　你要去哪里？

堂·胡利安　去找那位子爵，内布莱达子爵。

堂·塞维罗　找他做什么？你想干什么？

堂·胡利安　做什么？当然是做我该做之事。

那位内布莱达子爵的污言秽语将我的尊严踩在脚下，

他无中生有，造谣中伤，连我的妻子都不放过！

我竟然不知道，一位子爵，一位尊贵的人，

也会有那样恶毒的心思，说出那样不堪的谣言。

围观的人群煽风点火，添油加醋，

一个人的尊严在他们心中竟这样无足轻重！

如果我不能捍卫我的尊严，庇护我的妻子，

那么，我还算什么骑士，算什么品行端正的君子！

更何况，那个曾经付出名誉和生命拯救我父亲的人，

堂·胡安·德·阿塞多，他的儿子如今生命岌岌可危，

我要去拯救埃内斯托，

我不能眼睁睁地看着他浪费自己宝贵的生命！

如果我袖手旁观，良心的谴责将使我夜不能寐。

（对佩皮托）这次决斗的助手是谁？你知不知道？

佩皮托 我知道决斗助手是谁，

是阿卡拉斯和鲁埃达两个人。

堂·胡利安 阿卡拉斯和鲁埃达？我认识他们。

（指着佩皮托）你不要跟来，留在这里等着埃内斯托，

很快他就要回来了。

堂·塞维罗 我终于明白你想做什么了。

堂·胡利安 请你帮我一个忙，我需要知道在哪里决斗，

你帮我打听一下，看谁知道这场决斗要在什么地方进行。

堂·塞维罗 你已经听说了。

堂·胡利安 来吧！

堂·塞维罗 胡利安，我的哥哥，你怎么了？

我感觉你有点儿不对劲儿。

堂·胡利安 这是一件好事！不错，确实是一件好事！

现在我终于能够扬眉吐气，一展胸怀，

终于可以像个真正的骑士一样，策马纵横。

自从这场谣言的风波开始以来，我从没有如此轻松过，

这么长的时间，我始终在忌妒和怀疑中受着折磨。

如今，我终于可以一身轻松地享受自由。

我的心里充溢着喜悦和幸福，你是否能够感受到？

（神经质地握着堂·塞维罗的手）

堂·塞维罗　你觉得轻松、幸福？我看不止。

你现在已经控制不住自己的情绪了，似乎就要爆发了。

现在的你，简直是欣喜若狂了！

堂·胡利安　我很高兴，能够和内布莱达子爵见面。

堂·塞维罗　为什么？不要忘记，他侮辱了你！

仇人相见分外眼红，你竟然还会高兴？

堂·胡利安　当然高兴。

现在，我终于解决了心中的一大困惑，

知道了这场谣言的幕后黑手，找到了元凶，

怎么会不高兴？怎么会不轻松？

这三个月来，卑鄙恶劣的谣言一直折磨着我们，

特奥多拉和我的名誉都被侮辱。

现在在咖啡馆中，他们依然口无遮拦，肆无忌惮，

似乎我们已不再是正常之人，只是他们随意谈论的笑柄。

埃内斯托被迫搬离了原来的家，甚至现在还要远行；

特奥多拉天天以泪洗面，沉默不语，黯然神伤；

我生活在怀疑与相信的矛盾之中，

不再是那个正直坦率的银行家，

倒成了一个只会猜忌多疑的小人。

而我和埃内斯托之间早已没有了原来的信任和关心，

我和我的妻子也不再亲密无间，感情的裂缝越来越深。

情理之中的保护变成了暧昧，日常的言行成了错误，

引来不相关之人的恶意揣测。

我一直都想知道，到底是谁捏造了这些谣言？

谁的心思这般恶毒，不顾他人感受，瞎编乱造？

如果不是撒旦，又会是谁这么居心叵测？

他无休止地散播着可怕而又可耻的谣言，

想要逼迫我们这些无辜的人承认罪行，多么卑鄙！

今天我终于知道了，原来是内布莱达子爵。

竟然还是一位身份尊贵的子爵！真是讽刺呀！

既然他敢无中生有造谣中伤，

就不要害怕我拿起长剑捍卫我的尊严！

他给我造成了伤害和侮辱，我一定会报仇雪恨！

等着吧，这个卑鄙的小人，我要杀了他！

〔和堂·塞维罗一起走向舞台的深处，离场。

第四场

人物：佩皮托

〔舞台上只有佩皮托一人。

佩皮托 先生们，这件事情真是复杂得让人头疼。

唉，真不知道从何说起，

哪里都是开头，哪里又都不是开头，无从下手。

任谁都厘不清其中的头绪，错综复杂令人眼花。

不过，显而易见的是，

我的伯父之前做的事情，确实够愚蠢的。

他已经年过四十，整天忙于事业，无暇顾及家庭。

而他的妻子只有二十六岁，年纪轻轻，容貌美丽，天真烂漫，不谙世事，热情洋溢，善良温柔。

这样的女子谁不心驰神往？

埃内斯托和特奥多拉年纪相仿，英俊潇洒，

而且才华横溢、清高正直、浪漫而富有诗意。

谁会让这样一位优秀的青年和自己住在同一个府邸中，

还让他和自己的妻子交往过密？

这样愚蠢的人恐怕只有我的伯父了。

埃内斯托爱惜保护特奥多拉，像对待同胞姐姐一样。

尊重敬爱胡利安，像对待亲生父亲一样。

伯父也常说，他对待埃内斯托亦如自己的儿子，

特奥多拉对待埃内斯托亦如最亲的兄弟，

他们三个人就是和睦相爱的一家人。

这么说来，那两人之间只是姐弟之情？

只是因为特奥多拉对埃内斯托怜悯和关爱，

埃内斯托知恩图报？

如果我连这么拙劣的谎话都能相信，

我就不是佩皮托了。

我的年龄是不大，在别人眼里还是个孩子，

也许他们都以为，我对这些事情毫不知情。

即使知道那些风言风语，也是懵懵懂懂，一头雾水。

可是他们却不知道，我见识过的世面多了去了，

这世界上发生的什么事情我不知道，

什么样的小道消息我没有听说过？

像我这样消息灵通又聪明伶俐的人，

还看不穿他们的谎话？

想要在我这里蒙骗过关，他们真是痴心妄想。

先生们，你们不妨想一想，

有这样一位女子，她年轻貌美、温柔多情，

有这样一位男子，他风流倜傥、恃才傲物，

没有任何的血缘关系，也没有任何的亲属关系，

只是两个陌生的男女青年，

他们走到了一起，会没有任何的情意产生？

在一起相处良久，会没有情感上的变化？

你们能够相信他们之间只是单纯的姐弟情谊？

反正我是不会相信。

也许有人会说，世界上男女之情千千万万，

难道他们之间只有暧昧？

一个善良，一个感恩，这不就是家人之间的感情？

我无法相信这样的辩解，事情也没有这般简单。

虽然我年纪轻轻，但是考虑向来周全，

你们听听外面的风言风语，

你们看看他们之间的卿卿我我，

心里一定会和我一样嘀咕：他们两个之间一定有蹊跷。

若说他们两个卿卿我我，这可不是我瞎编乱造。

如果他们说这是无中生有，我可要争上一争。

我佩皮托说话从来都是实事求是，

哪会道听途说就搬弄是非？

我见到过他们一起步入剧院的门口，

一起漫步在丽池公园 ① 的林荫之下，

———————————————
①马德里最大的公园，位于马德里市中心。17世纪由菲利浦四世下令兴建，曾经是西班牙皇室的离宫。

并肩而行，神态亲密，人所共睹。

当我告诉埃内斯托我曾经亲眼所见他们一起外出，

无论是剧院还是公园，他们都不曾分开，

为何要和特奥多拉如此亲昵密切，为何要时时在一起？

两个人之间究竟在说些什么，竟这般难舍难分？

埃内斯托却极力辩解，甚至严肃地发出誓言：

"我们几乎从来没有这样一起出去过。"

先生们，你们听听，他说的是"几乎从来没有"，

是"几乎"，不是"绝对"。

也许就是那仅有的几次，甚至是唯一的一次，

他们这样携手而行，已经足够满足人们探求的需要。

这样的场面被那些无时无刻不在关注他们的人看到，

会说出什么样的话来？我想你们应该想象得到。

如果他们这样一起外出的那天被一百个人看到，

那么人们会说什么？会说他们就一起出去了这么一次？

不，不会的，人们会说他们一起出去了一百次。

因为在一百个人的嘴里，会有一百种不同的场面，

既然场面不同，那就不是相同的一次外出。

别人听到这一百个人各不相同的描述，

怎么还会认为这些全都是同一天发生的事情？

那么，这一次外出，就成了一百次外出。

没有人愿意去一一调查这些证词，

这一百个人说的场面各是发生在什么时间什么地点，

那两个人之间到底是亲密无间还是正大光明，

是同一次被不同的人添油加醋成了一百次，

还是无数次外出只被这一百个人看见，忽略了更多？

这样的调查未免太斤斤计较，也太过小心翼翼。

到底是只出去了一次，"几乎没有"，

还是出去了一百次，甚至是无数次，

听到谣言的人们怎么还会有时间考虑这两者的区别？

怎么会还有心思去探寻事情的真相？

说的人越来越多，谣言也就越来越真，这就是事实。

如今我们再去回想那些谣言，似乎都有根有据，

并不是埃内斯托他们所辩解的无中生有、信口雌黄。

因为这样的一起外出确实存在，

哪怕只有一次，也没有人能够将它无视。

对他们的指责也不是血口喷人、伤害无辜，

而是严格要求他们的言行，望他们遵守社会公德。

如此思考谣言的前因后果，不免让人唏嘘。

我看见了他们一次，你也看见了他们一次，

这样相加，就是两次。

又来了一个人，他说"我也看见了一次"，

这样相加，就是三次。

正如我前面所说，这些描述不可能完全相同，

即使只有这三个人的说法，都可能有千差万别，

这让围观者听来，何尝不是三次？

有谁还会以为这是一次？

不断的人加入进来，次数不断累积起来，

就成了千次、万次、无数次，谣言自然满城风雨。

这些人看到他们在一起也在情理之中，

毕竟那些时刻关注他们的人都耳聪目明、消息灵通。

五官的功能各有不同，眼睛为看，耳朵为听，

上帝之所以赋予人们这样的人体构造，

就是让我们去发现新奇的事情，搜集不同的信息，

这样才能知道那些隐没在平常生活下的秘密。

我的伯父他们之所以招致如此恶劣不堪的谣言，

在我看来，完全是咎由自取。

如果他们注意自己的言行，不被别人抓到短处，

也不会有现在这样痛苦的下场。

谨言慎行，就不会有谣言的产生和散布，

这样的经验需要我们每个人都记住。（暂停片刻）

他们总是辩解两人之间的感情纯洁坦然，

只有姐弟之爱，没有暧昧之情，

我可不相信这样的鬼话，

这比那些无中生有的谣言更加拙劣。

感情没有那么简单，爱情更是让人费尽思量，

但是对于男人而言，无论他们是什么职业，

是哲人，是学者，是数学家，是物理学家，

都会对年轻貌美的女子心向往之，

相处一些时间便会日久生情，

这就是感情对人的召唤，这就是爱情的力量！

试想一下，美貌的女子和英俊的男子，

经常同处一室，共同生活，

男子竟然谨遵社会的公德，不越雷池一步，

欣赏却不冒犯，亲近而又能保持合适的距离，

对女子恭敬尊重，这样的相处可能存在吗？

更何况，那位女子不但青春热情，而且美丽温柔，

如果需要丑闻的证据，那这样的证据就是不可辩驳的。

这房间的墙壁如果能够和我说话就再好不过了，

那么我就能知道埃内斯托住在这间陋室的时候，

到底在做些什么，想些什么，有什么秘密。

不用当面问询，就可以窥见他的内心世界，

也不必担心他会对我隐瞒什么，

因为他的一切在我这里都无所逃遁，

我对他了如指掌，哪怕是他最隐秘的心思。

不，最好是把他的所思所想都凝集成可视的画面，

这样我就能毫不费力地查看他的想法，

不但看得清清楚楚，而且没有任何遗漏。

你们看，桌上这并排摆放的两个小小的相框，

其中一个相框中放着的照片是我的伯父胡利安，

他看上去多么有精神，器宇轩昂，意气风发。

而另一个相框中已经没有了照片，已经被人拿走，

以前这里放着的，是特奥多拉的照片，

两张照片并排摆放，胡利安和特奥多拉挨在一起。

如果埃内斯托的所想我能够看到，

我就知道为什么现在找不到特奥多拉的照片了。

它去了哪里，为什么被取了下来，这其中有什么隐情？

可是现在，大家都知道，

墙壁不会说话，念头也不会自己组成画面，

我只能凭借我的聪明和想象去猜测。

埃内斯托的心中早已有了情感的起伏，

如果还在桌上摆放特奥多拉的照片，

那心中必将掀起巨浪。（坐在桌子前的椅子上）

也许将照片放起来，就能压抑住这样的冲动，

避免自己做出什么更加出格的事情。

如果事实是这样，那么他们之间的暧昧就可以坐实，

众人口中的所谓谣言也有了真正的依据。

如果暧昧已经成为事实，这后果就太可怕了，

啊，我不敢想象。

埃内斯托会将照片放到什么地方？

是深藏在某个秘密的地方，不让别人发现；

还是在一个更靠近他的地方，可以更加亲密地接触？

如果是后者，这暧昧的走向已经无法挽回。

这其中到底发生了什么，我对此惶恐不安。

在我们看不见的地方，还有一群无事生非的小鬼，

它们和人一样，也会用谣言将无辜的人定罪，

只不过，它们将谣言编织成了一张看不见的大网，

将想要捕获的猎物无声无息地罩住。

这张谣言的大网无形无影，可是它的威力不可小觑。

即使猎物最终发现自己被捕，网也早已收口，

任何人都无法逃出升天，网中的折磨比地狱还要惨烈。

这个猎物可能是任何人，甚至是一位了不起的哲人，

它们都会向这个人发起一点儿情面都不留的攻击，

也许是疾声厉色的指责，也许是义愤填膺的指责。

无论是什么样的手段，只要它们对一个人产生了怀疑，

那个人就再不会有什么好下场。

(看向桌子，发现了桌上的那本但丁的《神曲》)

我已经来过这间陋室好几次，过来探望埃内斯托。

每一次来，这里都可能有一些细微的变化，

但是唯一不变的，就是这本书。

无论是哪一次来，这本书都在桌子上，翻开摆放着。

在我看来，这本书就是他所思所想的反映，

也许，是他对这本书的某些情节描述产生了共鸣，

也许，是这本书道出了他难以表达的心思，

那些一言难尽的情感就寄托在这本书中。

(翻看着《神曲》)

如今看来，这本书应该是他最爱的一本书。

但丁，这位意大利的著名诗人；

《神曲》，这篇恢宏的长诗中，

也许真的有埃内斯托所钟情的篇章。(继续翻看着这本书)

你们看，这本书还是在地狱篇这一篇中翻开着，

这一页正好是诗人和弗兰齐斯嘉对话的那一段。

和我之前来看他的时候所看到的一样，

这种巧合不禁让我浮想联翩，其中的缘由若让我猜测，

那么只有两种可能：

第一种，埃内斯托从没有认真读过这本书，

放在这里只是装装样子；

第二种，这一篇是埃内斯托最爱读的一篇，

或者说，他除了这一篇再不看其他篇章，

所以每次来，才都会被我发现这一篇翻开在桌上。

让我看看这一段到底有什么蹊跷，

竟然让我们这位恃才傲物的剧作家如此钟情。

这部伟大的作品有如此多的篇章，

为何他单单只读这一篇？

弗兰齐斯嘉的故事有什么特别的地方，

值得这么长时间反复阅读？

或许，我能从这本书中找出什么证据，

那么我就能解开其中的谜底。

埃内斯托心中的真实想法是什么，

也许就隐藏在这一段平常却神秘的文字之中。

我要解开其中的密码，将秘密挖掘出来。

这是什么？书上好像有一道水迹，

像是被什么东西溅到了书上。

是水？不，不像，

对他来说这么珍贵的书籍，他绝不会将水溅到书上。

哦，我知道了，这是泪水，这是他的泪水！

在读这一篇的时候，埃内斯托哭过，

所以在纸上留下了痕迹。

先生们哪，这其中的曲折真是让人难以想象，

多么复杂的一件事呀，真是让我头疼。

婚姻中的变数真是令人匪夷所思，

谁也不知道结婚之后会遇到什么艰难的事情，

也无法预料将来有什么样的挫折，

无论是家庭之中，还是家庭之外，

都有无数的未知将会发生，谁也不能确定。

想要生活得宁静无忧，真可以说得上是天方夜谭。

地上这是什么东西？一张撕碎的纸片？

（将纸片从桌子上或从地上捡起来）

这上面写的是什么？好像还能看清有那么几个字。

〔从椅子上起身，走向阳台，想要看清楚刚捡起来的纸片上到底写了什么。

正在这时候，埃内斯托走进房间，停下脚步，看着佩皮托。

第五场

人物：佩皮托、埃内斯托

埃内斯托　佩皮托，你看什么呢？拿的什么东西？

佩皮托　你好哇，埃内斯托！你回来了。

咳，不过是一张纸片，刚才被风吹过来的。

你看看，这上面写的是什么？

埃内斯托　（拿着纸片看了一眼，又还给佩皮托）

不知道，我早就忘了我在这张纸片上写了什么。

你自己看吧。

佩皮托　你也不知道？我看着像是几句诗。

让我仔细看看这上面写的字，试着读一读：

（读得很吃力）

"你的热情，像是那熊熊燃烧的火焰，我已经沦陷其中。"

（旁白）听听这情意缠绵的诗句，

肯定是埃内斯托为特奥多拉所写，真是肉麻。

埃内斯托　这不是什么正式的作品，你不用太在意。

只是我随便写来消遣的，没什么意义。

佩皮托　（不再读纸片上的字）我就看清楚这么几行，

其他的已经无法辨认了，不知道还写了什么。

埃内斯托　我们的生命如同一张白纸，

没有任何意义，也没有任何价值。

我们能够留给世界的，

只有悲痛欲绝的哭喊，几堆燃烧殆尽的残渣，

其余一无所有，空空如也。

佩皮托　这也是你随便写来消遣的？

埃内斯托　是的，只不过是随手写就的几句诗。

当我无聊烦闷的时候，

我就拿起笔，在纸上随心所欲地挥洒心情，

写几句诗，就能为我排遣无数的寂寞。

不然我在这间狭小的屋子中，还能做些什么？

昨天晚上我信笔写下这些，只是记录我当时的感想，

没什么特别的含义，也不是什么剧本里的台词。

佩皮托　现在，你开始求助于但丁这位文学大师，

阅读《神曲》这部巨作，是想要获得写作的灵感吧？

看来你在这间陋室之中，找到了如何写作的方法。

还是说，你在这部书中发现了适合自己的写作环境？

埃内斯托　可能吧……

佩皮托　这篇长诗的内涵如此丰富，写作如此优美，

在我看来，真是不可多得的佳作。

比如《地狱篇》中所提到的弗兰齐斯嘉，

她那悲惨的爱情故事真是让人唏嘘,

连但丁这位诗人都因怜悯之情而昏了过去。

你呢,埃内斯托,你喜欢读这一段吗?

(指着《神曲》这本书)

埃内斯托 (语气不耐烦,带有讽刺意味地)

你问这些问题是什么意思?就是想看看我是什么反应?

她的故事有什么特别?我喜不喜欢读这一段关你什么事?

你想从我的答案中找出什么不一样的解读来?

还是说,这就是你过来探望我的原因?

原来,你是假借探望为名,过来窥探我的生活!

佩皮托 不要这么激动,你这样说就误解我了。

我哪里是要来窥探你,

我只是不明白你为什么要读这部《神曲》。

你说是为了消磨时光,排遣寂寞,

可是这是一本有关爱情的诗篇,

你在爱情之中消解寂寞未免有些荒唐,

这样的理由怎能令人信服?

当然,对这本书本身我也有很多困惑。

唉,我就是太爱钻牛角尖了,什么问题都要找到答案,

如果我没有弄明白,那我决不罢休。

你可以说我是死脑筋,不开窍,

但是我就是这么执拗,直到问题能够解决。

为了解开这些谜题,我愿意用尽各种办法。

但是现在,我对这本书还是百思不得其解,

特别是《地狱篇》中弗兰齐斯嘉的爱情这一段。

如果你能明白其中的含义，还要请你为我解答问题。

这一篇中，在但丁描绘的这个地方，

弗兰齐斯嘉和保罗一起阅读《圆桌故事》。

这本书记载了亚瑟王和他的圆桌骑士的传奇事迹，

他们最常阅读的是《湖上的朗斯洛》①，

看朗斯洛如何被爱所纠缠，并常常为他流下伤心的泪水。

勇敢的朗斯洛是亚瑟王麾下最重要的骑士，

他爱上了亚瑟王的王后桂妮维亚。

虽然这样的爱情为人们所不满、所谴责，

但是，朗斯洛依然为桂妮维亚赴汤蹈火，尽忠竭力。

这样的爱情有时不免让人觉得有些幼稚冲动，

但这样热烈的感情依旧打动了无数人。

在它的指引下，多少男女坠入了爱河，

敞开心扉，真诚相对。

那千万年来毫不动摇的磐石，也被这样的热情所融化，

可想而知爱情的力量有多么强大。

年轻英俊的保罗也在这真挚不渝的爱情指引下坠入爱河，

他的心中充满了对那个女孩的渴望。

当他无法抑制心中的爱慕之情时，

他终于吻住了女孩的嘴唇，全身颤抖，欣喜若狂。

这样的场景被佛罗伦萨的诗人抓住，

他没有错过这非同寻常的一幕，

用手中的笔详细地描绘了出来，

---

①朗斯洛从小被有魔法的湖夫人窃走，带到湖底的宫殿养育，他被培养成一名高贵的骑士，从而被称为"湖上的朗斯洛"。

语调绝妙，手法简洁，就是书中这一段。

（指着《神曲》一书）

这一段文字确实非常打动人心，

但是我的问题也在这一段之中，就是这两句：

"加勒奥托就是这本书，

加勒奥托就是写这本书的人，

那一天，我们没有再继续读。"

我能够明白第二句话是什么意思，

就是因为某种原因，二人没有再读这本书。

这句话非常清楚明了，我没有任何疑惑。

可是第一句话呢？

什么叫"加勒奥托就是这本书"？

什么叫"加勒奥托就是写这本书的人"？

就是这句话一直在纠缠着我，

我一直苦思冥想，却不懂其中的含义。

为什么这本书成了加勒奥托，

写这本书的人也是加勒奥托？

这个词出现在这里，到底是因为什么？

你一定知道其中的缘由，还请你为我解答：

加勒奥托的身份是什么，他出现的原因是什么。

你的戏剧也以加勒奥托为标题[①]，

（指着桌上的几张纸，看来是剧本的草稿）

对加勒奥托这个词所代表的含义肯定了然于胸。

---

①指序幕第四场中埃内斯托写下的标题《伟大的牵线人》，也即《伟大的加勒奥托》。

这部戏剧一定会让你声名大噪，荣誉和财富更不必说，
这肯定会是一部能够大获成功的剧作。（翻看剧本）

埃内斯托 朗斯洛和王后能够在一起相恋，
离不开朗斯洛的好友加勒奥托。
可以说，加勒奥托就是朗斯洛和王后的媒人。
同样如此，弗兰齐斯嘉和保罗一起阅读这本书，
当看到朗斯洛和王后拥吻在一起时，
他们的心也向对方敞开，彼此产生了爱慕之情，
保罗亲吻了弗兰齐斯嘉。
这本书就是弗兰齐斯嘉和保罗的媒人，
所以弗兰齐斯嘉才会说是他们的"加勒奥托"。
你应该明白了，"加勒奥托"就是媒人的代称，
为男女相恋牵线搭桥。
或者说得更露骨一点儿，他是一个皮条客，
撮合一些不正常的男女关系。
毕竟朗斯洛是亚瑟王的骑士，
而桂妮维亚是亚瑟王的王后，
他们本不应该在一起。
当然，如果说出这样毫不含蓄的词语，
那些思想保守的人一定会被激怒。
我写剧本的时候不敢说得这样露骨，
谁知道到时候攻击我的人会有多少。
这样的风波是我不愿意看到的，也不是我写作的初衷，
只要能够让我的戏剧成功上演，我愿意做些妥协。
如果一个词语能够用隐藏的含义来表述我的想法，

而不是直接用那些露骨的词语来说明，

我更愿意用这样的方法来解决未来可能会有的风波。

"加勒奥托"这个词的使用正是这样的用意。

佩皮托　经过你这样一番深入的解释，

原本模糊的含义变得一目了然，

困扰我多时的问题也迎刃而解，我真要感谢你。

如果不执拗地向你问询，看到你误解我就放弃了，

恐怕这个问题会一直将我纠缠，我就要发疯了。

唉，这真是太傻了。

但是还有一个问题我不明白，

你为何非要用"加勒奥托"这个词？

能够隐晦地表达这个含义的词语难道就没有了？

只有这一个？唯一的一个？

我不相信在古老而丰富的卡斯蒂利亚语中，

找不到一个更加贴切的词语。

难道你没有想过用另外一个更好的词语来代替吗？

埃内斯托　你说得没错，"加勒奥托"并非唯一选择。

甚至可以说，这个词也并非最好选择。

比它更加准确、更为合适也更加现成的词多的是，

信手拈来便可以将这个题目变得更为恰当。

你要知道像剧作家这样的职业，

哪怕观众有再多不一样的需要，他也能满足，

他们的口味不同，他都能一一调和，

即使人们对一个事物的看法各不相同，

他最后也能化解矛盾，让所有人都步调一致。

这就像钱一样，人人都会喜欢，没有人会拒绝。

用哪个词语更为恰当，在我创作之前已早有决断，

供我选择的词语千千万万，

比这个词更为恰当的，也俯拾皆是。

但是如果这本剧本的封面上，（指着剧本）

标题中的词语是一个指定明确、形态可见的词，

那么将会给我带来天大的麻烦，这是肯定的。

正如前面所言，那些保守之人会对我百般责难，

我的剧本也会成为废纸一堆。

我怎么会允许这样的事情发生呢？

〔将佩皮托手中拿着的剧本草稿拿回来，放到桌子上。

如果你认为用哪一个简单直接的词语就可以替换，

那你未免太过天真。

剧本的创作需要尽心竭力，题目的选择同样如此。

"加勒奥托"这个词的含义并非那么单一固定，

在每一个不同于一般的场景中，

都可以对它进行各不相同的解读。

这其中的区别难以捉摸，复杂玄妙，

只有用心慢慢体会，才能察觉其中的差异。

也许这世界上的每一个人，都有可能是加勒奥托。

因为他们并不知道自己做的事情，竟起了媒人的作用，

将原本并不会在一起的男女撮合在一起，

在这样的场景中，加勒奥托的含义便十分隐晦。

这样的加勒奥托为何能够存在？

那是因为人们在社会和人群中生活，

就会受到群体制定的各种习俗的制约。

而有些习俗，并非那么高尚，

可是人们也不得不任其摆布，无法逃脱陋习的牢笼。

这样的陋习有千万种，但是其中最令人恐惧的，

也是最令正人君子所厌恶鄙视的，

就是捏造谣言、肆意传播，

它能让无罪之人判以重罪，让无辜之人堕入地狱。

不，甚至比这还要严重，

无地自容的人在人群中经受着百般折磨，生不如死。

这样的事情比比皆是，我对此已经司空见惯。

我正好知道这样一个故事：

两个拥有着平静生活的男子和女子，

他们彼此相处得十分和睦，没有暧昧，也没有争执，

生活清静无忧，安闲舒适，

就像平常日子中两个毫不相关的陌生人。

人们对这两个人从来没有投入过关心，

因为这样的两个人实在太过普通，

身边的每一个人都是这样生活，没有什么不同。

但是没有多久，这样的平静就被打破，

他们生活的马德里城不再允许他们这样幸福地生活，

从容悠闲的日子一去不复返。

他们成为这个城市舆论的中心，

人们谈论的话题总也离不开他们两个，

流言蜚语遍布全城的每一个角落，

这让他们无处可逃。

为何这样美好的日子这么短暂就告结束？

为何他们会沦为全城人的笑柄和谈资，

活在污言秽语的乌烟瘴气之中？

我已经说过，陋习的牢笼将人紧紧地束缚，

谁也无法逃脱。

也许人们造谣传谣，是因为他们居心叵测，

心地如毒蝎一般，无中生有只为将他人中伤；

也许人们浮想联翩，是因为他们太过保守，

不敢越雷池一步，稍有出格便定为冒犯。

而谣言的源头，

只不过是有人在某一天的清晨，看见两个人走在一起，

从此，谣言就肆虐开来。

没有人怀疑谣言如何开始，

也没有人去探求谣言背后的实情，

有些人即使是道听途说，说起来也像是亲眼所见。

最后，这恶毒的谣言，竟然被人们信以为真，

众口一词认定这两个人存在着暧昧之情，

这样可耻不堪、卑劣龌龊的品行令人唾弃。

人们还认定两个人早已失去了理智和羞耻之心，

沉浸在不正常的情感中无法自拔。

这样的谣言一传十十传百，每个人都在背后嚼舌根，

将马德里城品行最为端正的君子，也泼上了脏水，

成为人们肆意讨论的谈资。

谣言毫无根据，只是造谣者随意捏造，

他们当然没有任何道理可言。

可是当谣言遍布全城，假话也成了真话，

这时候的他们却成了义正词严的道德守护者，

将他们所谓的罪人钉在耻辱柱上，不得辩驳。

每当想到这些可怕的谣言、险恶的居心，

我就不寒而栗、战战兢兢。

这对男女被无处不在的谣言层层包围，

无法逃脱世人的指指点点和鄙夷的眼神，

如同在大海的风浪中漂泊的小船，

无法抗拒潮汐的走向，只能在洪流中颠簸。

在这个无情的社会中，他们已经没有任何容身之处，

只能在某个不为人所注目的角落中，颤抖地躲避着。

就在这狭小的地方，他们不知不觉走到了一起。

他们的爱情原本并不可能发生，

但是在谣言的折磨中，他们彼此帮助着彼此，

在困境中，你拉我一把，我拉你一把，

不致掉入地狱的深渊之中。

这样的两个人，早已对对方产生了依赖之情，

长此以往，依赖便成了依恋，爱情就在此萌发。

只要这谣言织就的大网依然密密地遮住两人，

人们依然无法接受他们，

他们就只能依赖着彼此，恋慕着彼此，

至死方休。

你可以从这个故事里发现加勒奥托的存在，

他们就是捏造谣言并且传播谣言的人，

他们是马德里城的每一个人。

就是他们的谣言，让这对男女最终走到了一起。

而这，是人们所不曾预料到的。

谣言的力量如此可怖，让人无法对抗，

只能任凭它的摆布和宣判，甚至被它杀死。

每一个人都是这场谣言最主要的力量，

这位加勒奥托真的是一位巨人。

（旁白）我的天哪，我怎么又被这魔鬼的想法占据了！

我快要被这邪恶的火焰吞噬！

不行，我不能这样，我不能再这样想了。

滚开，魔鬼！滚开，不要再来纠缠我！

让我安静会儿吧。

佩皮托　（旁白）没有想到埃内斯托是这样的想法，

他竟然认为谣言让两个人相爱，彼此心心相印。

特奥多拉若是在压力之下将感情寄托在埃内斯托身上，

那么两个人可能早就有了不轨之行。

天哪，堂·胡利安先生，我祈求上帝保佑你！

（大声地）因为这位加勒奥托，

才让你写下了昨天晚上那样的诗句吗？

你是因为这个故事，才有了这些感想吗？

埃内斯托　正是如此。

佩皮托　在现在如此危急的状况之下，你还能写得出诗来，

这样若无其事、坦然自若，

仿佛世间一切和自己都毫无关系，

甚至还在浪费时间，苦思冥想地写什么诗句，

我真不知道你是如何做到的。

现在的我倒是像热锅上的蚂蚁一般，已经急得团团转，

这样的形势如何收场才好，我的心早已成了一团乱麻。

要知道，你今天就要和内布莱达子爵决斗了呀，

难道你就不做什么准备？

至少也要练习一下如何使用长剑吧？

比如"一停三击"，还有什么"直刺紧逼"，

这些剑术你都会吗？

如果你都没有练过，那就别浪费时间写诗了。

我可以告诉你，这位内布莱达子爵不但拥有高超的剑术，

而且勇敢无畏、临危不惧，是一位厉害的剑手，

你可不要小觑，这可是押上性命的决斗，

千万别当成儿戏！

埃内斯托　何必想这些事情！只不过是徒增烦恼。

如果内布莱达子爵被我杀死，

那么获胜的就是"所有人"。

而若是我被内布莱达子爵杀死，

那么获胜的就是我。

答案如此一清二楚，我又为何要担心什么剑术！

我当然可以悠闲地写诗排遣。

佩皮托　你可真是没心没肺！算了，我也不管你了。

但愿决斗真像你说的会是这样的结果。

埃内斯托　这个话题到此结束吧，我不想再说了。

佩皮托　（旁白）让我旁敲侧击地问问他，

也许能知诉……

（靠近埃内斯托，小声地）决斗的时间是在今天吗？

埃内斯托　对，就在今天。

佩皮托　决斗的地点呢？你们去郊外决斗？

埃内斯托　如果去郊外，那就来不及了。

但是又不能在人群聚集的地方决斗，这不是我的本意。

佩皮托　不在郊外，又要远离人群，那就是某人的家里？

埃内斯托　是我提出的决斗地点。

佩皮托　地点在哪儿？

埃内斯托　决斗地点不在别处，就在我的楼上。

〔回答这些问题的时候都是冷漠而又毫不在意的口气。

这个决斗的地点是最为理想、最为合适的，

谁也不需要再去花钱租一个决斗的场地，

那间房间就可以任意施展。

再说，没有人会在意到这样一个偏僻的地方，

这样一间简陋的房间，

远离人群，多么清净。

楼上那间无人居住的房间，就是这次决斗的正式地点。

那里已经很久没有用过，没有人会来占据打扰，

还有一个能够透进光亮的天窗，不致看不清对方。

佩皮托　如此说来，这场决斗已经准备妥当。

你还有什么缺少的东西？

埃内斯托　只差利剑一把，便可以与子爵决斗！

佩皮托　（走向舞台深处）外面是谁在说话？

好像有人来了，不知道是谁。

（对埃内斯托）来的人可是决斗助手？

埃内斯托　很有可能就是他们。

佩皮托 （将头探出门外）这个声音似乎是一个女子的声音。

怎么会有女子在这个时间来到这里？真是奇怪。

埃内斯托 （也走向舞台深处）仆人为何不让客人进来？

这是怎么回事？

第六场

人物：埃内斯托、佩皮托、仆人

仆人 （神秘地）外面来了一个人，她在打探埃内斯托先生的
消息。

佩皮托 是谁在打听，你知道吗？

仆人 那是一位夫人，我只知道这些，其他的一概不知。

埃内斯托 一位夫人打探我的消息？这事儿可真是稀奇。

可是究竟是谁呢？

佩皮托 （小声地，对仆人）那个人是要钱的乞丐？

仆人 （小声地，对佩皮托）我没有听清她在说什么，因为她一
直在哭。

佩皮托 （大声地）是一位年轻的夫人吗？

仆人 先生，请你原谅，你的问题我无法回答。

因为我无法看清她的面容，判断她是年轻还是年长，

这只因前厅之中没有光亮，而这位夫人又善于掩藏，

她蒙住了自己的脸庞，让人无法得知来者究竟是谁。

想要在黑暗中看出一位蒙面女子是否年轻，

请恕我无法做到。

她一直在哭泣流泪，说话的时候低声细语，

让我几乎无法听到她在说什么，也不明白她的来意。

埃内斯托　这位年轻的夫人可能是谁？

佩皮托　她想见你。

埃内斯托　可是我猜不出有哪位夫人会来这里找我。

佩皮托　（旁白）这究竟是怎么回事？会是谁来看他？难道是……

唉，事情越来越蹊跷，真是复杂难办，又是一个难题。

（大声地）我要走了，埃内斯托。

祝你好运，让我们拥抱告别吧。

你去准备你要做的事情吧，我就不打扰你了。

（拥抱埃内斯托，拿起帽子，对仆人）

你怎么还在这儿站着？真是够傻的。

仆人　你是说，让那位夫人进来？

佩皮托　要我说，你可真是糊涂。

作为仆人，最重要的就是要领会主人的要求。

遇到这样的事情，不能想当然地做决定。

一个陌生的年轻夫人来访，还遮住了面庞，

这样的人怎么能够让她进来呢？

记住，什么情况都不要给她开门。

埃内斯托　（对这时已经站在门口的佩皮托）再见，佩皮托！

佩皮托　再见，埃内斯托！

（和仆人一起走向舞台的深处，离场）

埃内斯托　这位客人让我困惑不解。

一位夫人要见我？为何要在这个时候来到这里？

我才搬到这间偏僻的陋室，她如何能够找到我？

她来这里的目的是什么？我猜不出来。

〔停顿片刻。这个时候，特奥多拉从舞台的深处登场，头部用围巾围住，面容也被遮住，向前走了几步后又停住了脚步。

她已经进来了，我看到她了，这位夫人是谁？

第七场

人物：特奥多拉、埃内斯托、佩皮托。

〔特奥多拉停留在舞台的深处，不敢向前走。

埃内斯托站在舞台的前景处，转头看向特奥多拉。

埃内斯托　夫人，你来找我是为了何事？

请你讲吧，如果你认为妥当的话，我洗耳恭听。

特奥多拉　（摘掉围巾）对不起，埃内斯托。

埃内斯托　特奥多拉，是你！

特奥多拉　我是不是不应该这样做？这是不是一个错误？

埃内斯托　（迟疑地，结结巴巴地）我……

错误……我不知道……

我……还没有……明白……这……

请原谅我，我的脑子一片空白，说话也是乱七八糟。

啊，你听听我在说些什么胡话，请不要介意。

我从没有想到，这样的殊荣也会落到我的身上，

这让我不知所措，话也不会说了。

即使在这里，人们也要尊重你，不会冒犯你的尊严。

只有这一个办法，事情就是这样。

（非常激动地）夫人，请你放心，

你能够来到这里，是我的荣幸，绝不是错误！

特奥多拉 你不用这么紧张，这也没什么。

听说，你明天就要坐船起航，去往新大陆，

遥远的布宜诺斯艾利斯，离马德里城有几千千米。

你钟情冒险刺激的生活，现在能够远离这个是非之地，

未尝不是一件幸事。

也许你真的能成为下一个哥伦布，发现更神奇的地方。

可是，和其他的远行者一样，

你这样远走高飞，也许永远不会再回来。

若是你今生今世再也不回马德里城，

那么我们就不会再见面了，今天的相逢已是最后一面。

与你相别，再不相见。

你这样一位真诚善良的朋友，我想我会永远失去了，

这让我心如刀割，痛不欲生。我……

我们曾有过一段美好的回忆，那时候的我们是多么快乐！

我仰慕你的才华横溢和品德高尚，

但是没有任何龌龊的想法，只把你当作自己的同胞兄弟；

我痛心你的不幸身世，只想尽我所能给予关怀。

我的内心一片坦荡，从没有想过要与你刻意疏远。

从前的我，和你在一起出行也毫无顾忌，

面色如常，行动自若。

若是知道了你要远行，肯定要和你拥抱告别，

哪怕是在我的丈夫胡利安的面前，我也会为你流泪，

哪怕有众人在我们周围，我也没有任何胆怯！

埃内斯托　(想做什么动作，但是又停了下来)

特奥多拉……你……

特奥多拉　但是，曾经那样平静的生活早已经结束，

我再也不能像从前那样无所畏惧，我不能……

我不能毫无顾忌地与你在一起，

更不能与你拥抱，为你流泪。

如今的我们，之间隔着一道不能逾越的鸿沟，

这道鸿沟是人们用恶意的谣言挖掘出来的，

深不见底，令人胆寒。

若是我们非要去跨越，结局只能是落入深渊，

被无穷无尽的谣言所埋葬。

埃内斯托　没错，确实是这样，正如你所说。

原来的我们，是姐姐与弟弟之间的亲情，

你像姐姐一样关心照顾我，我像弟弟一样尊敬爱护你，

亲如一家，没有任何芥蒂。

对我来说，这同样是一段美好的回忆。

在我生活陷入困境之后，是你们拯救了我，

不仅给了我一个家，更给了我家人般的温暖。

但是，今非昔比，

我们在流言蜚语中怎能回归原来的平静？

谁还会相信我们之间只是姐弟之情这般简单？

我只能克制自己去回忆这些美好，

甚至刻意遗忘，不能让它们出现在我的脑海中。

也许，我们更应该将彼此视为仇人，

才能真正回到原来的生活轨道。

如果我们拥抱彼此，谣言就如利剑一般，

瞬间将我们刺穿。

如果你为我流泪，谣言就如魔鬼一般，

将我们拖入地狱，受尽折磨。

特奥多拉 （既天真又不安地）仇人？

为什么我们要将彼此视为仇人？

我没有想过要怨恨你，将你当作我的仇人。

难道你要……

埃内斯托 仇人？我说过我们要成为仇人？

可怜的夫人，我说过要怨恨你？

特奥多拉 你确实说过这个词，你说我们要成为仇人。

埃内斯托 我这是又说了什么胡话！

我今天心乱如麻，早已语无伦次，请你原谅我。

我向来疯癫莽撞，说出来的话不经大脑，

如果我说了什么伤害你的胡话，请你不要放在心上。

为了你，我愿意献出我的所有，包括我的生命和荣誉。

若是你需要我为你做些什么，请你不要犹豫，

尽管告诉我，我绝不会有片刻犹豫，更不会推辞！

就算前方是龙潭虎穴，我也要闯一闯；

就算等待我的是悬崖峭壁，我也会奋不顾身地跃身而下。

无论多少艰难险阻，都不会成为我的障碍！

（激动地，忽然意识到自己的失控，后来克制住自己的感情，语气
也有了改变）

我的责任，我也不能推脱，这是我应该做的。

（停顿片刻）

仇人——如果这个词是我说出来的，

那也是因为我想要保护你不受伤害。

特奥多拉，你是一个心地善良的人，

胡利安将我从家乡接到你们的家中，

你像姐姐一样热情地迎接我，生活中周到地照顾我，

如此单纯，从没有想过对我苛刻。

我怎么会怨恨你呢，特奥多拉?

从最初来到这里，你就将我当作家人，而非陌生人。

可是我的到来，却为你带来可怕的灾祸!

那些肆意传播的谣言，将你的平静生活彻底打乱，

甚至……甚至你的名誉，也被玷污!

我从没有想到，竟然将这样的麻烦带给了你，

这让我羞愧难言，无地自容!

特奥多拉，你应该把我当作仇人，是我害了你!

特奥多拉 （悲伤地）唉，谣言……

每当想到那些恶毒的流言蜚语，看到人们眼中的鄙夷之情，

我就会忧心忡忡，愁绪满怀，只能默默地流泪。

无中生有的谣言将我污蔑，

居心不良的人们妄图逼迫无辜的人认罪，

可是我却无能为力，唉!

（温柔地）但是埃内斯托，我从没有想过将你视作仇人。

哪怕发生了这样可怕的事情，我也没有怨恨过你。

如今，人们的良心早就被恶魔吞噬，

他们无聊就来瞎编乱造别人的谣言，

唯恐这个世界太过安静，哪里还顾得上别人的死活？

更不要提那看不见的荣誉和声名，

它们只会将这些狠狠地践踏。

还有我的丈夫胡利安，他的作为也让我痛心。

本就是无中生有，为何又要将你责怪？

我早已经过了反复的思考，即使是你引起了这些谣言，

我们也不应该将你责怪。

哪怕是我，也不应该将受到的伤害归罪到你身上。

因为这些让我身败名裂的谣言，来自于恶毒的造谣者，

而不是正直坦荡的你，埃内斯托。

胡利安，我的丈夫，他现在变得疑神疑鬼，

再也不是从前那个诚实善良的胡利安。

性格已经改变，似乎内心也在经受着煎熬，

不知道是什么将他纠缠。

无论我做什么，他都是暴跳如雷，横加谩骂，

似乎我的一举一动都是错误。

他对我已经没有信任可言，魔鬼已经将他的灵魂带走。

我从没有龌龊的想法，也没有什么可耻的言行，

为何要质疑我的清白，让我生活在羞辱之中？

尤其是这羞辱，并不来自外人，而是来自我的丈夫。

这让我多么难过，我如何在这个家庭中生活下去？

埃内斯托　这样的事情我未曾预料，

我从没有想到，这件事情走到今天，会是这样的结果。

但是胡利安对你失去信任，或许也在情理之中，

因为一个男人绝不会压抑住自己的本能，

这个本能就是对其他男人的忌妒之心。

只要有人围绕在他的妻子身边，他就对那个人疑心重重，

哪怕明知道流言蜚语都是捏造，也会被谎话蒙蔽。

直到最后，他相信了谣言，而猜疑起自己的妻子，

对妻子的一言一行都严加防范，不允许任何人再靠近。

哪怕是微不足道的一件小事，他都会如临大敌；

哪怕是自己的兄弟，他也不允许有任何逾越的行为。

而你，就永远生活在他那怀疑和忌妒编织的牢笼中。

〔情绪激动。但是又突然停下，因为如果将这个话题说下去，又要回到刚才失言之处。这时候，特奥多拉听到门外有声响，向大门走去。旁白。

我怎么又开始说起这些胡话？这到底是为什么？

也许是因为我心中有一些我没有察觉的想法，

这些想法如此隐蔽，连我都没有注意到它们的存在，

可是在它们的控制下，我却脱口而出那些胡话！

这些让人浮想联翩的胡话，

就是谣言的源头，就是造谣者的证据。

虽然你口口声声说谣言是他人捏造，

可是自己却将证据双手奉上，多么愚蠢！

特奥多拉　你听外面……是不是有人来了？

埃内斯托　是，有两个人……

（走向舞台深处）是他们两个？

特奥多拉　（害怕又紧张）这个声音，是胡利安的！

天哪，来的人是胡利安，他要进来了。

怎么办？我的天哪！

埃内斯托　他已经停下了脚步。别害怕，没事的。

特奥多拉　（害怕又紧张，好像在问埃内斯托）

如果胡利安他……

〔做出想要去右侧房间的动作，但是被埃内斯托坚决而又有礼貌地拦住了。

埃内斯托　你没有做任何错事，不必躲藏。

就算胡利安进到这间屋子，你也可以站在这里。

你是来向我道别，又不是做什么见不得人的丑事，

何必害怕？何必忧虑？

你对胡利安忠贞不贰，不用逃避他的到来。

但是如果来的是那些无所事事的造谣者，

你可以去那房间躲一会儿。（指着右侧的门）

好了，没事了。（听着门外的动静）

特奥多拉　天哪，我的心都要从喉咙中蹦出来了！

埃内斯托　他们已经走了，不用害怕了。

这一切，就当是一场噩梦，别再想了。

放心，不会有事。

（走向舞台的前景处）

特奥多拉！上帝呀！

特奥多拉　（也走向舞台的前景处。）

埃内斯托，我今天来到这里，

是想和你倾诉一番我的心里话。

美好的日子转瞬即逝，

似乎昨天我们还在把酒言欢，

明天就要天各一方，再难相见。

时光匆匆……

埃内斯托 是呀，光阴似箭……

特奥多拉 我想告诉你……

埃内斯托 特奥多拉，非常抱歉，

这里很快就会有人过来，时间也差不多了。

如果让他们看见你在这里，对你的名誉不好。

特奥多拉 埃内斯托，我知道你要和子爵决斗的事情。

这时候来人，恐怕就是决斗助手了。

我想阻止他们的到来，这样你就不能去决斗，

而这正是我来这里的目的。

埃内斯托 你是说……

特奥多拉 是的，我已经知道了你要去决斗，

也知道你这么做是为了捍卫我的名声。

但是决斗向来是赌上了性命的搏斗，

我担心你为我白白牺牲。

决斗的场景好像就在我的眼前，

鲜血流淌，触目惊心，

每当想到这里，我就无比痛心。

（捂着胸口）

埃内斯托 内布莱达子爵这个小人！

他在咖啡馆中肆无忌惮地诋毁正直坦荡之人，

污言秽语将别人的尊严踩在脚下，

就是他这样无聊而又险恶的小人，

把整个马德里城搅得乌烟瘴气！

不亲手杀了这个子爵，我誓不罢休！

我的怒火熊熊燃烧，我的热血已经沸腾，

谁也无法阻拦，我将把这个小人送入地狱！

特奥多拉　（惊讶地）杀了子爵？你真这样决定了？

埃内斯托　是的，我已经下定决心。

（制止了特奥多拉的请求动作）

内布莱达子爵做出的事情不配得到我的原谅，

也不会让我同情，只有鲜血才能洗清他的罪孽。

他将好人视作玩笑的对象，恶意揣测，信口雌黄，

等待他的只有流血的报复，我誓要将他杀死在剑下。

我的心意已定，你无法动摇。

但是如果是其他的事情，我都可以答应你。

正如我刚才所言，为了你，我愿意献出我的所有，

包括我的生命和荣誉。

特奥多拉　你是为了捍卫我的声名才要和子爵决斗？

埃内斯托　是的，为了你！

特奥多拉　如果你去与子爵决斗，是为了保护我、捍卫我，

你可知道，在别人看来，这是多么荒唐的事情啊！

已经平息的谣言将要卷土重来，这次的丑闻更加不可收拾！

埃内斯托　这样的事情很有可能发生。

特奥多拉　埃内斯托，我不想让你如此冲动，

手刃子爵，自己也冒着风险，这不是我想看到的结果。

我希望你能放弃决斗，这才是我亲自前来的目的。

难道我说了这么多，你就一点儿没有动摇？

难道非要将丑闻闹得不可开交，你才能罢休？

这场决斗，你是非去不成了？

埃内斯托　是的，我非去不可，这是我必须要做的。

别人如何对我，我就要如何对别人；

他让我蒙受羞辱，我就要他付出性命。

内布莱达子爵已经挑起了这场决斗的开端，

我不能退缩，不能妥协，只能迎战。

这就是我心中所想，口中所说，手中所做。

这一切和你无关，请你不要担心，

我将会承担所有的后果，绝不会牵连别人。

特奥多拉　（走向埃内斯托，好像怕她自己听见，小声地）

那么，我的丈夫胡利安要如何是好？

埃内斯托　这件事和胡利安有什么关系？

特奥多拉　如果胡利安知道了这件事情，

你为了我和子爵决斗的事情。

埃内斯托　即使他现在不知道，以后也总会知道的。

特奥多拉　他知道了你为我决斗的事情，

心中又会有怎样的想法呢？

埃内斯托　我不知道你想说什么，

就算胡利安知道了决斗的事情，又会怎么想？

特奥多拉　埃内斯托，你为何不明白这其中的道理？

一位妻子的自尊和清白，只能由她的丈夫来捍卫。

如果声名被玷污，也要由她的丈夫和他人决斗。

只有他才敢这样去做，也只有他才能这样去做，

其他人怎么能够代替我的丈夫去呢？

哪怕是你，都不能代替他去决斗。

埃内斯托　我去决斗和这位夫人是谁的妻子没有任何关系，

哪怕他们说到的人我并不认识，我也会这样去做。

对我来说，这是责无旁贷的。

无论是哪一个人，只要他是一个正人君子，

听到这样的污言秽语都会直言反击。

所以当时我的所作所为，只是做了我的分内之事，

没有任何其他的念头。

我做的这些只是不想看到一位夫人在大庭广众之下，

被这些心地歹毒的无聊小人所羞辱污蔑。

当我在咖啡馆中，亲耳听到他们对你大放厥词，

将你的名誉践踏得一文不值，

亲眼看到他们围在一起，将小道儿消息添油加醋之后，

又发酵成更加臭不可闻的流言。

亲耳所闻，亲眼所见，难道我还要退缩不前？

难道我还不能站起身来捍卫你的名誉？

难道我不应该和造谣生事的人决斗？

在咖啡馆中造谣传谣的人，

理应为他们的血口喷人付出代价。

既然我第一个站起来直言反击，

那么这场决斗只能由我来迎战。

特奥多拉　（非常用心地听着，被埃内斯托义正词严、掷地有声的话深深地触动，走上前来热情地握住埃内斯托的手）

你的好名声果真是名不虚传。

你真是一位正直坦荡、光明磊落的君子，

德行如此高洁，襟怀如此宽厚。

（停顿片刻，离开埃内斯托，伤心地）

你为了我而与子爵决斗，可是你是否知道，

（肯定地）我和胡利安的脸面会因你的作为全部丢尽！

埃内斯托　因为我去决斗，让你们丢尽脸面？

特奥多拉　确实如此，丢尽脸面。

埃内斯托　我不明白，这是为什么？

特奥多拉　其中的缘由太过复杂，这让我从何说起？

埃内斯托　什么人会对此说长道短？

特奥多拉　所有人，他们都会对此议论纷纷。

埃内斯托　为什么社会上的每一个人都要对此指责？

特奥多拉　我的尊严被他人污蔑，成为丑闻的主角，

这本应由我的丈夫为我出面，与人决斗，

给那些背后嚼舌根的人一点儿颜色瞧瞧，

将造谣的小人治罪，还给我应有的尊严。

但是现在，有人代替我的丈夫为我决斗。这个人……

（放低声音，低下头，避开埃内斯托的目光）

让这个人去和造谣生事的小人决斗，

只会让现在已经危急的情势严重到不可收拾。

因为这个人的身份特别，立场特别，

正如我刚才所说，让这个人去决斗是一件荒唐的事情！

埃内斯托　（已经被说服，但是没有完全同意）

如果形势不可收拾，那我们做什么都无法挽回，

到时候，我们所有人都要堕入深渊，再无出头之日。

曾经的谣言就让我们惶惶不可终日，若是再有一次丑闻，

那就会让我们彻底崩溃，性命堪忧！

不行，我不能让这样的事情发生，不能让形势继续恶化，

得找个妥当的途径解决现在的难题。

特奥多拉　你所想的正是我所想的。

我来找你，就是想找到一个考虑周密的办法。

埃内斯托　情势恶化，事情复杂，无法挽回，

这让我惶恐不安，毛骨悚然！

如果我和子爵决斗竟带来这样的后果，

我该如何是好？

特奥多拉　请你放弃和子爵的决斗吧！

为我而战的决斗不应由你出面，而是我的丈夫！

埃内斯托　不行，这样的要求我决不答应！

特奥多拉　我真诚地恳求你放弃这次决斗，埃内斯托！

埃内斯托　我不能答应你，特奥多拉。

内布莱达子爵那个恶毒无耻的小人，

只会血口喷人，将无辜之人中伤。

他还是厉害的剑手，据说剑术非常高超。

这样的一个人，就让我来与他决斗吧！

这件事情就应该这样解决，不要牵扯其他人，

尤其是胡利安，我们不能让他知道这件事情。

哪怕他以后能够得知，现在也要保密。

特奥多拉

〔觉得埃内斯托挺身而出与子爵决斗是一种冒犯，这样的行为让
堂·胡利安颜面尽失，也伤害了自己的自尊心。

不只是你满腔热血，我的丈夫胡利安，

他的心也是正直而又炽热的！

埃内斯托　你说的这是什么话！

我从没有质疑过胡利安先生的勇敢，

遇到困难和挑战，他绝不会胆怯退缩。

刚才我说的话要么是我没有说明白，

要么是你误解了我，

胡利安先生的能力我向来了解，

决不会对他说出不敬之词。

你也知道，和内布莱达子爵的这场决斗，

为的是捍卫尊严、维护名誉，

赌上的却是两个人的性命。

要么是我刺死子爵，要么是子爵将我杀死，

总有一个人，要付出生命的代价。

但是，我们无法断定决斗的结果是什么，

谁会赢，谁又会输，谁会死，谁又会活下来，

没有人能够提前知道。

我们两个人，必须要有一个人去迎战这次决斗，

要么是你的丈夫堂·胡利安，

要么是我，埃内斯托。

（悲痛而又真诚地）应该是由我去呢？

还是由堂·胡利安去呢？

我们无法欺骗别人，这个问题必须面对，

现在，你只能在两个人中选择一个人，接受生死挑战。

特奥多拉 （惴惴不安地）你去？不行！

胡利安去？不行！

我无法选择，谁都不能去决斗。

埃内斯托 这样的选择又有什么难的？

命运已经为我们决定了人生的道路，谁也无法更改。

我不能回避命运为我安排好的决斗，

这样的生死一战早晚都要面对。

若是我去决斗，那么胡利安就性命无忧，

即使我被对方杀死，对别人又有什么影响？

只不过是小事一桩。

特奥多拉 （几乎无法控制自己，马上就要哭出来）

求你别说出这样的话来，我的天哪！

埃内斯托 在这个世界上我早已无牵无挂，

原来的家庭早已只剩我一个人。

而我向来放荡不羁，居无定所，

在哪里死去又有什么区别？

我没有肝胆相照、志同道合的朋友，

也没有情投意合、心心相印的爱人，

在我死后，也没有伏在我的遗体之上为我流泪的女人。

了无遗憾，我又何惧死亡？

特奥多拉 （控制不住泪水流淌）

你这样说话实在是太让我伤心。

为了你，我整整祈祷了一个晚上，

我这样关心你，你却说没有人会……

（似乎是爆发了某种感情）我不想看到你去送死！

埃内斯托 （激动地）一个人可以为任何人祈祷，

但是却不能为任何人流泪。

泪水，只能为一人而流！

特奥多拉 （诧异地）埃内斯托，你在说什么？

埃内斯托 （因为自己说了不该说的话而惊讶）什么？

我说什么了？

特奥多拉 （离开埃内斯托）没什么，是我听错了。

埃内斯托 （低着头，不敢用正眼看特奥多拉）

我今天说了太多胡话，让你受委屈了，

请你原谅我的莽撞，将这些胡话都忘了吧！

那句荒谬的胡话实在是太过随便，你就当我没有说过。

〔停顿片刻，两个人谁也没有说话。双方保持着距离，谁也不敢看谁。

特奥多拉 （指向舞台的深处）又有人来了，你听……

埃内斯托 （身体转向特奥多拉指的地方）他们已经过来了。

特奥多拉 （走向舞台的深处，仔细听外面的声音）

他们要进屋了……

埃内斯托 （指向右侧的房间）特奥多拉，你先去那里，

到那间房间去避一下吧！

特奥多拉 我为什么要避开他？

我没有做亏心事，为什么害怕他看到我？

我内心坦荡，不怕他会误解。

埃内斯托 来的人不是堂·胡利安。

特奥多拉 不是我的丈夫？

埃内斯托 （把特奥多拉带到右侧门前）不是他。

特奥多拉 （站在门口请求着）我想你能让他……

这场决斗，你还是放弃吧！我求你了！

埃内斯托 已经太晚了，决斗已经不可避免。

因为我狠狠地扇了内布莱达子爵一个耳光，

打得他满脸开花，血肉模糊。

他决不会允许我现在取消决斗。

特奥多拉　为什么没有人告诉我这些？天哪！

（痛不欲生，十分绝望，知道木已成舟，什么也无法改变）

如果是这样，那就赶快逃走吧！

远远地离开这里！现在就走！

埃内斯托　我绝不会逃走，绝不！

特奥多拉　我的上帝呀！求求你离开这里吧！

这样做不只是为了我，也是为了胡利安，请你快走吧！

埃内斯托　（绝望地）特奥多拉，我不能离开。

若是让我放弃决斗，我永远也不会答应。

内布莱达子爵仇恨我，巴不得将我立马杀死，

我无所畏惧！

但是他藐视我的尊严和名誉，

我无法忍受！

这场决斗就是为尊严和名誉进行的，我绝不退缩！

对于死亡，我并不害怕，

让我因此做个逃兵，这绝无可能。

特奥多拉　稍等，我还要问你一个问题，

外面来找你的可是这次决斗的决斗助手？

埃内斯托　应该不是他们，离决斗时间还有一些时候。

特奥多拉　你没有骗我？

埃内斯托　我怎么能够用谎话敷衍你？

特奥多拉，你会对我厌恶吗？

特奥多拉　你说的这是什么话！我永远都不会这样对你！

佩皮托　（在门外）我要见埃内斯托！

埃内斯托　快进去躲躲吧！

特奥多拉　（进入右侧的房间）好，那你也要小心行事。

佩皮托　究竟是哪个人不让我进门？

埃内斯托　不让你进门的不是哪个人，而是世间的谣言。

若是让人们看到了我们在一起，

不知道又有什么恶毒的传闻！

他们曾经猜疑我们之间的感情，

如今看到肯定会信以为真。

第八场

人物：佩皮托、埃内斯托

〔佩皮托站在舞台的深处，情绪非常的激动，没有戴帽子。

佩皮托　埃内斯托！埃内斯托！

给我开门，让我进去！

你在干什么，下地狱去吧！快开门！

埃内斯托，给我开门，开门哪！

埃内斯托　你这是怎么了，为什么到我这里大喊大叫？

究竟是什么事情让你这么激动？

佩皮托　什么事情，啊，这件事情该怎么说。

让我想想，我该怎么和你说清楚。这个……

埃内斯托　你在拖拉什么，快点儿说呀。

佩皮托　上帝呀！我的上帝呀！怎么会这样！

谁能够想到，这件事情会变成现在这个样子！

我的心里一团乱麻，大脑一片空白，

我不知道这件事怎么说才好。

埃内斯托　你在嘀咕什么呢？

别说这些没用的，快点儿告诉我，

到底发生了什么事情？你为什么这么着急？

佩皮托　（语速极快地）这件事情，实在是……

实在是一个巨大的灾祸！怎么会是这样！

胡利安本来是想来阻止你去布宜诺斯艾利斯远行，

可是后来他知道了你和内布莱达子爵决斗的事情，

其中详细的内情他也了解。

他想为自己挽回名誉，也拯救你于危难之中，

所以他决定替你去和内布莱达子爵决斗。

当时你还没有回家，他们就去找两位决斗助手。

最后，所有的人都去了子爵的家中。

埃内斯托　胡利安和决斗助手们去了内布莱达子爵家？

后来呢？发生了什么事情？

佩皮托　全乱了，事情全乱了！

我不敢相信事情变得这么乱！

你和内布莱达子爵之前的约定全都作废了，

就像下了一场大暴雨，把之前所有的事情都冲跑了，

这一切全都打乱了，重新开始。

但是这正是堂·胡利安想要得到的结果。

埃内斯托　快点儿说，别停！

佩皮托　（离开埃内斯托，走向舞台的深处）

他们马上就要过来了，你看……

埃内斯托 谁要过来?

佩皮托 你自己看,就是他们! (向门外探头眺望着)

他们正搀扶着他往这里走过来……

埃内斯托 (狠狠地抓住佩皮托,将他拽到舞台的前景处来)

你说的事情让人瞠目结舌,后来怎么样了?

继续说呀,快点儿!

佩皮托 内布莱达子爵被迫和堂·胡利安决斗。

因为堂·胡利安说,

这样的纷争只有他们两个决斗才能解决,

两个人以生死定输赢已经不可避免。

内布莱达子爵没有退缩,他回应道:

"让我们一个对一个地决斗吧!"

堂·胡利安和内布莱达子爵做了这样的约定,

便立即赶到这里,想要将这一切告知于你。

结果你却闭门不见,让仆人守住大门,

只因为你和一位夫人相见,谁也不能进来。

埃内斯托 然后呢?他又做什么了?

佩皮托 既然见不到你,堂·胡利安只好离开。

但是这样的结果正是他想要的。

胡利安本就想替你与内布莱达子爵决斗,

正如我刚才所言,这不但是为了救你,

更是要挽回他的名誉,讨回属于他的公道。

于是,他说:"如今这样再好不过,

那就由我将所有的事情都解决。"

大家就都去了原先约定的决斗地点,楼上那间房间,

堂·胡利安、内布莱达子爵和决斗助手们,

我的父亲以及我,

我们所有人一起都去了。

说到这里,你把现在发生的事情弄清楚了吧?

你已经知道发生了什么事吧?

埃内斯托　你是说,堂·胡利安和内布莱达子爵,

他们决斗了?

胡利安替我迎战内布莱达子爵?

佩皮托　决斗的场面我一辈子都难以忘记。

他们两人都被愤怒冲昏了头脑,

呼吸急促,仿佛燃烧的火炭。

眼睛里闪着的都是让人不寒而栗的凶光,

比长剑上的剑光还要亮。

目光和长剑追寻的都是让对方一招毙命的

——心脏!

他们连一丝害怕的影子都没有,只有杀戮的疯狂,

就像两只暴怒的野兽,要将眼前的猎物屠杀。

埃内斯托　你说得太夸张了,我不相信!

堂·胡利安呢?他怎么样?

佩皮托　别着急,一会儿你就能见到他们了。

埃内斯托　请你停下吧!停下吧!

请你偷偷地给我说,他们两个谁……

佩皮托　他们要过来了,你看!

〔堂·胡利安、堂·塞维罗和鲁埃达从舞台的深处上场。堂·塞维罗和鲁埃达搀扶着受伤的堂·胡利安。他们的排列顺序是:堂·塞维

罗、堂·胡利安和鲁埃达。

    埃内斯托 我的天哪！这是怎么了？

第九场

人物：埃内斯托、堂·胡利安、堂·塞维罗、佩皮托、鲁埃达

    埃内斯托 堂·胡利安先生！我的恩人！

我的朋友！我的父亲！（边哭边急促地冲到堂·胡利安的身边。）

    堂·胡利安 （声音微弱而又沙哑）哦，埃内斯托……

    埃内斯托 是我让你受伤了，请你责罚我吧！

    堂·塞维罗 快，咱们别耽搁了！

    埃内斯托 我的父亲哪！

    堂·塞维罗 不要挡在这里，他已经受伤了！

你没看见他很痛苦吗？

    埃内斯托 我知道，我知道，这样的痛苦都是我造成的！

我的父亲哪，请你原谅我的过错吧。

（握着堂·胡利安的右手，侧身跪在堂·胡利安的右侧）

    堂·胡利安 和内布莱达子爵的决斗已经完成，

你不用再去迎战他。

而我，需要做我应该做的事情，不能逃避，

因为你的诺言已经兑现，义务已经履行。

    堂·塞维罗 胡利安现在需要躺下，快去准备床！

（松开堂·胡利安，换由佩皮托搀扶着）

    佩皮托 （指向右侧的房门）这边是埃内斯托的卧室，

肯定有床，我们把胡利安先生扶过去！

埃内斯托　内布莱达子爵！我饶不了你，你这个小人！

堂·塞维罗　你还想干什么？和内布莱达子爵决斗吗？

都这时候了，你还在逞什么能耐！

就算你把他刺死了，对胡利安又有什么益处？

真是个疯子！

埃内斯托　（克制地）疯子！好，疯子！

命中注定，我和内布莱达子爵总要有一场决斗，

我必须面对，必须接受。

内布莱达子爵，你等着吧！

（迅速地向舞台的深处跑去）

堂·塞维罗　把胡利安扶到埃内斯托的卧室，

让他赶快躺到床上……

〔埃内斯托已经跑到舞台的深处，听到堂·塞维罗说的话后，吓得站在原地不敢再动了。

埃内斯托　你说什么？把胡利安先生扶到哪里去？

堂·塞维罗　扶到你的卧室里呀。

佩皮托　这不是你的卧室吗？我们把胡利安扶到这里。

埃内斯托　不，你们不能进去！我不会让你们进去！

〔快速地跑到门口，将门用身体拦住，不让搀扶堂·胡利安的人们进去。这时候的堂·胡利安已经奄奄一息，人们停在门口，意外而又吃惊。

堂·塞维罗　埃内斯托，你又在发什么疯？

为什么不能把胡利安扶进去？你说什么呢？！

佩皮托　你这个疯子，这时候又发癫了！

堂·塞维罗　走开！别挡着门！

184

你睁开眼睛看看，胡利安都快要死了，

你还在这里挡着不让我们进去！

快，闪开！

堂·胡利安　埃内斯托说什么？他不让我进他的卧室？

（盯着埃内斯托，眼睛中饱含着惊讶和恐惧）

鲁埃达　这是怎么回事？都把我搞糊涂了。

佩皮托　谁知道这个疯子又想干什么。

埃内斯托　我的父亲哪！他就要活不下去了！

他在哀求我同意！他怀疑我对他的忠诚！

啊，我的上帝，我该怎么办？天哪！

堂·塞维罗　别管他，我们扶进去！

今天这个门我们一定要进去！

〔越过埃内斯托，推开右侧房门，出现在他们面前的是特奥多拉。

埃内斯托　天哪，我的上帝呀！

堂·塞维罗　是……

佩皮托　是……

鲁埃达　一个女人！

特奥多拉　（飞快地向堂·胡利安跑去，紧紧地抱住他）

我的丈夫哇，亲爱的胡利安！

堂·胡利安　（推开特奥多拉的拥抱，紧紧地盯着她的眼睛，用尽力气挣脱搀扶自己的人，站起来）

特奥多拉？是你？

那个女人是你！

〔幕落。

第三幕

〔场景和第一幕的场景相同。原来舞台前景处右侧的长沙发换成了一把扶手椅。一盏点燃的灯摆放在左侧的桌子上。

夜晚。

第一场

人物：佩皮托

〔先在舞台中景处右侧的门处侧耳倾听了一会儿，又走向舞台的前景处。

佩皮托　那场惊险的决斗早就已经结束，
堂·胡利安先生被内布莱达子爵刺伤，
他们之间的恩怨也算以此了结。
现在似乎一切都归于平静，没有任何波澜，
像我这般消息灵通的人，关于决斗，

都不知道之后还发生了什么新鲜的事情。

胡利安先生还在床上躺着，

他的病情也没有任何进展。

但是这件事情远远没有那么简单，

即使表面风平浪静，内里也是暗涛汹涌，

不知道未来会酿成什么样的狂风巨浪。

啊，胡利安先生，我对他真是万分悲悯，

他所遭遇的灾祸，我想也许每个人都会唏嘘不已。

和内布莱达子爵的决斗太过凶险，

两个怒火攻心的人都想置对方于死地，

出剑狠毒，招招致命。

当胡利安先生终于被内布莱达子爵刺伤，

当时他的伤势就十分严重。

父亲他们搀扶他回来时，他已经奄奄一息。

直到现在，他依然在病榻喘息，

谁也不知道他能不能撑得下去。

生命的指针在天平上来回晃动，

晃过来是生，晃过去是死，

可是胡利安先生的指针，没有人可以确定它的方向。

若是只有生命的逝去，那么人只有一种死亡；

可如今等待胡利安的，还有另外一种死亡，

那就是声名被污损，尊严被践踏。

对于胡利安先生这样一位身份尊贵、正直坦荡的君子，

荣誉的死亡和身体的死亡一样恐怖。

面对着两种死亡，这让人如何能够平静？

人们总是因为爱情的得失唉声叹气、痛哭流涕，

失去心爱的人就悲痛欲绝、心如刀割，

以为这折磨人的爱情就是世界上最难以承受的事情，

就是人生中最痛苦、最悲惨的深渊。

可是他们却不知道，爱情远没有死亡可怕，

无论是身体的死亡，还是荣誉的死亡。

死亡是这个世界上最恐怖的事情，

没有任何事情可以与其相比！

哦，天哪，听听我说的这些话！真是够了！

诗人感情细腻，敏感多思，

才会因为这生老病死和悲欢离合大发诗兴，

说些什么缠绵悱恻、催人泪下的诗句，

现在反倒是我的情绪比他们还激动，

真是不可思议。

唉，这肯定是因为最近我的家庭经历了太多不幸，

让我沉浸在悲伤之中无法自拔，总是对生死大发感慨。

这些话在从前我从不会说，现在却滔滔不绝。

啊，我的脑中一片混乱，心中更是茫然，

所有的一切都涌向我的大脑，搅乱了我的思绪，

让我不能将它们厘清——

特奥多拉和埃内斯托的可耻之行，

胡利安和内布莱达子爵的决斗，

近在眼前，也许很快就会降临的死亡，

妻子不再忠诚，辜负了丈夫的爱情，

儿子不再忠诚，辜负了父亲的亲情，

声名狼藉，身败名裂，任人侮辱和嘲弄。

我的天哪！还有什么能够比这些更让人心痛？

对一个无辜的人而言，对一个正派的家庭而言，

这些不幸实在是无比沉重的打击。

这是什么样的白天？这是什么样的夜晚？

这究竟是怎样的世道！

〔暂停片刻。

胡利安先生的病情如此严重，甚至奄奄一息，

他被两种死亡的恐惧纠缠着，经受着百般折磨，

如果现在去开导他，让他从磨难中解脱出来，

这样的想法确实极其的不明智。

我虽然明白这样的道理，却无法摆脱头脑中的一个想法。

这个想法将我紧紧地纠缠，我没有任何办法不去想它。

每个人都一样，一旦一个想法占据了自己的头脑，

用尽各种手段也无法将它压制住，

即使他是当代巨人，势不可当，

也无法将根深蒂固的想法从头脑中拔除。

现在的情形一目了然，

只要一个人还保留着应有的理智，

就能够正确地看待这件事情。

若是被冲动蒙蔽了双眼，

那么这件事情就很可能会失控，无法挽回。

内布莱达子爵刺向胡利安的一剑，

本就是要结束他的性命，

如今侥幸存活，也是命在旦夕，

最好留在埃内斯托家中，不要随意搬动。

若是移到他处，一路颠簸，定会加重伤情。

谁知道会发生什么严重的后果，

没有人可以保证万无一失。

这些浅显的道理，胡利安先生是否能够看清？

以他的睿智和理性，我想可以接受这个想法。

好像有人过来了，是谁？（向舞台的深处走去）

哦，来的人是我的母亲。

第二场

人物：佩皮托、堂娜·梅塞德斯

〔两个人站在舞台的深处。

堂娜·梅塞德斯　堂·塞维罗呢？我的丈夫在哪里？

佩皮托　母亲，父亲还和胡利安先生在一起。

他一直照顾着胡利安先生，从没有离开他的身边。

父亲总是说，他和胡利安先生是荣辱与共的亲兄弟。

他太在乎自己的哥哥了，不能忍受别人对他的侮辱，

如果有人伤害了胡利安，

那么他一定会誓死捍卫胡利安的尊严。

这样深厚的兄弟之情，任何人知道都会动容。

但是出乎我意料的是，父亲对胡利安的关爱，

远远超过了我的想象。

他是如此照顾胡利安，对他的深切爱护无人能及。

可是，如果那件事情发生了，

我一直担忧的结果万一成真，那么……

堂娜·梅塞德斯　胡利安先生的病情如何？

听说他伤势严重，现在是什么情况？

佩皮托　一言难尽，真是让我不知从何说起。

若是你看到胡利安先生现在的样子，

也会和我一样黯然神伤，忧心忡忡，

真是既让人心痛，又让人愤慨！

他的剑伤让他的身体极度虚弱，意识却又清醒，

身体和心理的伤害他都能深切地感觉到，

可是却没有力气抵抗，

只能在煎熬中默默地忍受着这一切。

胡利安先生正在经受的就是这样清醒却痛苦的折磨！

有时候，他扯着嗓子大声喊着特奥多拉的名字，

声音低沉嘶哑，却可以听得出他的愤怒；

有时候，他又声嘶力竭地呼唤着埃内斯托，

床单被他的两只手拼命地攥着，像要扼住那人的脖颈。

这样歇斯底里地大喊大叫之后，

胡利安先生全身上下仅有的一点儿力气也消耗尽了，

只能硬挺挺地倒在床上，

一句话也说不出来，一个动作也没有力气做，

对外界发生的一切都无动于衷，

像是谁把一尊雕塑放在了床上。

只不过如今这尊雕塑的眼睛还在紧紧地盯着天花板，

那眼神虽然呆滞，但是却毫不动摇，

似乎想从那里得到自己问题的答案。

他的额头一直在渗出汗水，

那汗水连绵不断地流淌着，却寒冷如冰霜一般，

让人觉得，似乎死神随时会将他召唤而去。

当胡利安先生这样一动不动地躺在床上的时候，

他又会突然之间猛地坐起身来，

好像有什么惊奇的事情发生。

让原本对一切无动于衷的心重新回到了正常的轨道，

他的情绪又高昂起来，但随之升高的，还有他的体温。

胡利安先生侧身听着门外的动静，

似乎外面有什么重要的人在等待着他，

而他迫不及待地想出门去，见一见外面的人。

他不顾我父亲的阻拦，硬是要下床出门，

因为他说等待他的人，

是她——特奥多拉，

还有他——埃内斯托。

这两个对他至关重要的人，他怎能拒绝相见？

胡利安先生就是这样地情绪激动，反复无常，

先是撕心裂肺地喊叫，然后是万念俱灰地等待死亡，

再是意识紊乱地幻想，胡话连篇，语无伦次。

我的父亲看到他的哥哥身体和心灵遭受着如此大的折磨，

早已心如刀割，潸然泪下。

但是他还是拼命拦住胡利安先生，

不让他去见那本就不在门外的两人。

父亲不住地哀求着、劝阻着，只为胡利安先生能够回来，

他也一直劝慰胡利安先生，让他不再如此悲痛。

在父亲的努力下，胡利安先生终于不再那么烦躁不安。

可是他的内心呢？真正获得了平静吗？

他真正将一切烦恼抛诸脑后，不再为此痛苦了吗？

世界上哪会有这么容易的事情——

困难迎刃而解，平静唾手而得，

这都是永远不会发生的事情。

那些对胡利安先生声名的侮辱，亲人对他的背叛，

让愤怒和疯狂永远占据了他。

他的身体，他的内心，他的血液，

每一寸地方都燃烧着熊熊怒火。

你永远不可能让一个怒不可遏的人得到平静。

愤怒不仅占据了胡利安先生的身体，而且改变了他的身体。

他的嘴唇不但失去了水分，还失去了原来的形状，

说话的时候不由自主地哆嗦着。

而他的双手也没有了往日的丰润，皮包着骨头，

好像野兽的爪子，枯朽干裂。

他那粗糙的白发乱糟糟地贴在头皮上，

就好像无尽的野草在他的头顶肆虐，

越来越多，越来越乱。

死神派出的幽灵就在胡利安先生的身边徘徊，

而他的瞳孔在慢慢地扩大，

好像看到那些幽灵就恼羞成怒，无法克制自己，

想要将它们抓住，不再游荡。

母亲，若是你亲眼看到了胡利安先生的这个样子，

你也会和我的父亲一样，痛不欲生，泣不成声。

堂娜·梅塞德斯　胡利安先生受尽折磨，你的父亲万分悲痛。

不知道他又在想些什么？不知道他将会如何做？

他如此敬爱自己的兄长，又怎能忍受他白白受苦？

当初谣言纷起的时候，他就已经无法克制自己的愤怒。

佩皮托　事实确实如此。

我的父亲对胡利安先生的关爱让我吃惊，

为他复仇定然尽心竭力，在所不辞。

他不能眼睁睁地看着胡利安先生遭受侮辱和背叛，

在病床上无奈地等待着死亡的降临。

他不能让那些卑劣可耻的小人逍遥法外，

以为不受惩罚就可以远走高飞。

那些对胡利安先生的伤害好像加诸他身上一般，

他感同身受，怒火万丈，

恨不得马上将那两个人就地正法，让他们粉身碎骨。

看在上帝的分上，幸好那两个人还没有见到父亲，

否则如何承受他的愤怒？

若是三个人相见，父亲肯定不能压抑自己的怒火，

那时候的场面定然不可收拾。

谁也无法承受他燃烧的怒火，那是可以摧毁一切的力量。

仅仅是听到父亲那深恶痛绝的高喊，

那一声"特奥多拉"，那一声"埃内斯托"，

就能令他们胆战心惊，仿佛那声音就可以夺去他们的灵魂。

堂娜·梅塞德斯　他向来都是一个好人。

尤其是对待他的哥哥，你的父亲一直都做得很好。

佩皮托　说得没错，我的父亲确实很好。

这是有目共睹的，不只是我们明白这一点。

当然，从现在的事情看来，他远比我认为的还要好。

只是他很容易冲动，情绪激动的时候就会大发雷霆。

特别是伤害胡利安先生的事情，更是让他无法克制自己的愤怒。

在气头上的他什么事都能干得出来，根本无法冷静，

可是谁也劝不住他，只能任由他发泄。

堂娜·梅塞德斯　塞维罗是这样的人。

正因为他关爱在乎自己的家人，所以才会这样做。

但是他发怒的时候很少，我也不常看到。

只有当他必须要发怒的时候，他才会对敌人怒目相向。

否则，他还是像平时一样，是一个温和的君子。

佩皮托　如果一个人值得人们的尊敬，

那你就应该向这个人奉献自己的敬意，这是他应得的。

如果他像一只下山的孟加拉虎一样，

对一个人愤怒地狂吼咆哮，甚至想要将那个人吞掉，

那么，肯定是这个人没有尊敬他，这也是罪有应得。

堂娜·梅塞德斯　你的父亲向来不会无缘无故地发火，

他的愤怒必定有正当的缘由。

他是一个能够克制自己情绪的人，不到万不得已，

绝不会用愤怒惩罚他人。

佩皮托　这一点我是能够理解我父亲的。

他的为人一向如此，正直坦荡，我很尊敬他。

这次的事情也是如此，他的愤怒也出于理所当然。

一位丈夫被妻子背叛，一位父亲被儿子背叛，

妻子和儿子之间还有了令人不齿的传闻，

这样的打击对谁来说都不可承受，

更何况，受伤的那个人是自己最敬爱的亲哥哥！

特奥多拉呢，她在什么地方？

堂娜·梅塞德斯　她在三楼，在她的房间。

自从回来之后，她就没有停止过哭泣。

她想到楼下来，但是……

唉，这个抹大拉的玛利亚[①]！

佩皮托　没错，抹大拉的玛利亚！

这个特奥多拉，真是让所有人不耻和唾弃！

她就是一个妓女，言行轻佻，毫不检点，

早就失去了应有的贞洁和忠诚，

而且她从没有后悔自己的所作所为。

却不知道，就是她的放纵，

让这个家庭破裂，让她的丈夫身败名裂。

如今陷入丑闻之中，也是她自作自受，

不要说是别人信口雌黄，故意造谣！

如果没有确切的证据，谁又会故意将她抹黑？

堂娜·梅塞德斯　她年纪轻轻，什么都不知道，

更不知道这世间的人心险恶，就像一个孩子。

她实在是太单纯了，可是现在这单纯却害了她。

如今她遭遇了可怕的谣言和伤害，

这样的经历已经很悲惨了，

[①]抹大拉的玛利亚曾经被七个魔鬼附身，被耶稣赶跑。有人认为她在感召前是一位妓女，因被耶稣拯救而从良。抹大拉是一个地名，位于加利利海的西岸。

你再这样说她，就太过分了。

佩皮托　哼，孩子？

我不知道什么样的孩子能做出她那样的事来。

也许正如你所说，她像一个孩子一样单纯，

但正因为她的单纯，才让胡利安先生到了今天这般地步！

不但奄奄一息，精神错乱，

而且声名狼藉，臭名昭著。

这样双重的打击，是哪一个孩子能做出来的？

也就是她这个不知廉耻的女人，才能如此狠毒。

她已经单纯得无知了，别说人心的险恶，

连最基本的为人处世她也忘记了，

连夫妻之间的忠诚也抛之脑后了！

别的男人花言巧语，就轻而易举把她骗了，

她还用她那一贯单纯天真的模样面对胡利安先生，

让胡利安先生错信了她。

当胡利安先生最终发现了他们的丑行，

知道了被自己深爱的妻子背叛了，

已经于事无补！

如果一个人在孩子时就能做出这样羞耻的事情，

等到她成为一个大人，那她又会做出什么丑事！

难不成还要让整个马德里城都天翻地覆不成？

我不敢想象。

堂娜·梅塞德斯　不要这么说。

特奥多拉确实有错，但是远没有你说的这样严重。

你这样说她，未免太过偏激。

如今这场灾难的始作俑者，是那个混账的男人！

那个写剧本的作家，那个只知道幻想的诗人。

是他，诱骗了单纯的特奥多拉；

是他，背叛了关心照顾他的胡利安先生；

是他，让所有的人都坠入痛苦的深渊之中！

佩皮托　这是事实，就是他，让一切乱了套。

就是他，打破了我们原本平静的生活。

他就是最应受到惩罚的凶手！

堂娜·梅塞德斯　那个混蛋去哪儿了？他在什么地方？

佩皮托　还在外面呢！就在街道广场那里。

唉，发生了这样的事情，他哪还敢回来？

他一直在广场那里走来走去，似乎很痛苦。

胡利安先生是为了挽救他的生命，

才去和内布莱达子爵决斗，结果身负重伤。

他却和特奥多拉在一起不知道干什么，

还瞒着胡利安先生，结果呢，

特奥多拉躲在埃内斯托的卧室里！

不只是胡利安先生看到了，我的父亲和我，

还有那位决斗助手，这么多人都看到了。

这让胡利安先生的脸面往哪里放？

之前就怀疑两个人有暧昧，这下好了，

怀疑变成真实发生的事情了！还有什么好狡辩的？

好在他还记得胡利安先生对他有恩，

发生了这样可怕的事情，他羞愧万分。

也许他还有点儿良心，

如此忘恩负义让他无颜再面对昔日的恩人。

堂娜·梅塞德斯　良心？就他那个混蛋还有良心？

我看他就是恩将仇报的小人！

他生活陷入了困境，是胡利安先生给了他富足和安定；

他被流言蜚语纠缠，是胡利安先生给了他信任；

他的生命受到威胁，又是胡利安先生替他决斗。

我真不知道，这样的大恩大德在今生今世如何能够回报？

他呢？你看看他做了什么？这就是他所谓的回报？

发生了这样的事情，他的良心也会受折磨？

佩皮托　埃内斯托不是什么坏人，

他也没有那么忘恩负义。

曾经他和胡利安先生也是情同父子，

如今胡利安先生奄奄一息，身心俱损，

他看在眼里，痛在心里，

想起往日恩情，也许会有些羞愧。

堂娜·梅塞德斯　胡利安先生现在真是太悲惨了！

身受重伤，不知道何日才能康复。

谣言又起，如何才能再次平息？

佩皮托　厄运临头，无法躲避！

让一位生命垂危的人再遭受名誉的侮辱，

被最亲近、最信任的家人背叛，

这样的打击对谁来说都是晴天霹雳。

堂娜·梅塞德斯　事已至此，无法挽回。

可怜的胡利安先生哪！

佩皮托　这种结局让胡利安先生如何承受！

他们总说造谣者心地狠毒，我看他们才是最狠毒的人！

他们就是这样对待丈夫、对待父亲？

这样的恶行令人鄙夷！

堂娜·梅塞德斯　背叛丈夫，背叛父亲，

这样的两个人如何称得上是胡利安先生的亲人！

佩皮托　伤害他的身体，伤害他的心，

这样的两个人才是真正杀害胡利安先生的罪人！

堂娜·梅塞德斯　如今谣言卷土重来，

比之前的任何流言蜚语都要厉害，

谁能承受这样的狂风暴雨？

谁能在所有人的指责中容身？

佩皮托　我从没有听过比这还要恶劣的言行，

我也没有见过如此不知羞耻的人，

他们真是让我"大开眼界"。

堂娜·梅塞德斯　可怜的胡利安先生，

他的悲惨遭遇令人痛心！

佩皮托　他这一年祸患不断，灾难频仍，

真是天大的不幸啊！

第三场

人物：堂娜·梅塞德斯、佩皮托、仆人

仆　人　埃内斯托先生来了，他想要见你们。

堂娜·梅塞德斯　谁？埃内斯托？

谁允许他来的？谁给了他胆子来这里？

佩皮托 这个时候还有胆子来，

不知道他是肆无忌惮，还是……

仆　人 他好像是来……

佩皮托 你以为的不对。

仆　人 我觉得他只是过来探望一下，

并不是专程拜访，而是顺便看看。

因为我听到了他跟车夫说的话，

他让车夫在门外等着，说他很快就会出去。

听到他说这样的话，我才进来通报一声。

佩皮托 （对堂娜·梅塞德斯）让他进来吗？

埃内斯托这时候来想做什么？现在该怎么办？

堂娜·梅塞德斯 我也不知道，一会儿见机行事。

你让埃内斯托进来吧。

〔仆人离场。

佩皮托 等他进来了，就把他交给我对付吧。

堂娜·梅塞德斯 对付埃内斯托最重要的就是找好方法，

方法得当，他就不是你的对手。

你可要想好了再说话。

第四场

人物：堂娜·梅塞德斯、佩皮托、埃内斯托

〔堂娜·梅塞德斯坐在舞台左侧的扶手椅上，佩皮托站在他母亲的

身边。

埃内斯托站在舞台的中央，谁也没有向他打招呼，谁也没有理他。

埃内斯托 （旁白）我本是无辜之人，没有任何罪行，

但是现在我再来这里，他们却对我不理不睬，

就像我是一团空气，他们什么都看不到。

不，或许他们看我就像看一堆垃圾，恨不得赶紧扔掉。

唉，他们虽然没有打骂我，却用这种方式践踏我的尊严，

从现在开始，人们就会这样对待我。

佩皮托 （转身面向埃内斯托，表情冷漠）埃内斯托，

我有话跟你说，你听着。

埃内斯托 你想跟我说什么？

佩皮托 （表情冷漠）我要跟你说的是……

埃内斯托 难道你是让我离开这里？

佩皮托 （口气转变）哦，当然不是。

我的天哪，我怎么会把你赶出去呢，埃内斯托？

我……我就是想知道……那个……

（好像在一边应付埃内斯托，一边想办法把问题问得妥当）

你们是真的……或者不是……

之后又……子爵和你去……

埃内斯托 （低下头，声音低沉）是的，是真的。

佩皮托 那你把子爵……

埃内斯托 胡利安先生被内布莱达子爵刺成重伤，

我怎么能够让那个小人就这么若无其事地离开？

决不能饶了他！我要为胡利安先生报仇！

我没有让他们离开，像个疯子一样冲下楼去拦住他们。

202

然后我们又跑到楼上那间用来决斗的房间，关上门，

两个决斗助手站立旁边见证我们的决斗，

两把长剑向前刺出，誓要结束对方的生命。

那时候的我太疯狂了，决斗的细节我已经忘记了。

只记得，一把长剑碰上了另一把长剑……

这个人大声地呐喊……那个人猛烈地刺出……

有人被剑刺中……痛苦地呻吟……止不住的血……

被刺中的那个人倒在地上，再也起不来……

刺出那剑的人依然站立在那里，手里握着剑。

佩皮托　你可真厉害！

内布莱达子爵可是一位厉害的剑手，

他的剑术十分高超，

你能将他刺死，可见你的剑术更加高超！

我的天哪，真是难以置信，你竟然赢了！

母亲，你听到埃内斯托说的了吧？

他赢了内布莱达子爵，已经将他刺死。

堂娜·梅塞德斯　唉，又是一条人命啊！

佩皮托　谁让他刺伤了胡利安先生？

现在他被埃内斯托刺死了，真是咎由自取，自食其果。

埃内斯托　（走向左侧）梅塞德斯，求求你，

我现在只想知道胡利安先生的身体怎么样了，

医生说什么时候可以康复？

我知道你们不愿意看见我，也不愿意让我来探望，

但是我的心里怎么能够放下他？

一想到他身受重伤，命在旦夕，

又对我误会重重，卧不安席，

我就痛不欲生，心如刀割，惶恐不安，胆战心惊，

忧虑和愧疚一直在折磨我。

梅塞德斯，求求你看在我这么可怜的份儿上，告诉我吧！

我就问你这一件事，我就问这一次。

堂娜·梅塞德斯　我也请求你，马上离开这个地方。

如你所说，我们的确不想让你来探望胡利安先生，

因为你的到来只会加剧他的病情。

我们怎么能允许你这样做？

我们怎么能够忍受他再受伤害？

胡利安先生若是看到了你，一定会情绪激动，

想起你的背叛，还有你做出来的那些丑事，

他哪里还能饶得了你？

他的剑伤已经让他命在旦夕，受不得半点儿刺激，

如果让他看到了他最不愿意看到的人，

一怒之下，气急攻心，后果不堪设想。

看在上帝的分儿上，你就赶快走吧，不要再见他。

以后，你也不要再来这里了，我们不欢迎你。

埃内斯托　我知道，可是我对胡利安先生真的很担忧。

如果我能看他一眼，知道他的身体是什么状况，

我也就放心了，即使让我走，我也走得安心。

如果我看不到他，不知道他到底怎么样了，

以后生命的每一天我都不会释怀。

堂娜·梅塞德斯　请你还是赶紧离开这里吧，

这里没有人愿意看见你，也没有人愿意你来。

埃内斯托　求求你，我不能走，我想见胡利安先生一面。

佩皮托　埃内斯托，你这样赖在这里不走，不听劝告，

真是一点儿礼节都不懂啊！你的教养都去哪儿了？

还是说，你不把我们看在眼里，

所以我们说什么你都不当回事儿？

埃内斯托　（对佩皮托）承蒙你如此夸奖我，谬赞了。

（对梅塞德斯，语气中含有万分的敬意）尊敬的夫人，

请你原谅我今天的坚持和唐突。

我本是无辜之人，如今却陷入卑劣的谣言之中。

我没有任何罪行，也没有做任何错事，

只是因为众口铄金，最后使我成了一个背叛父亲的小人。

我只不过是一个牺牲品，为谣言牺牲了一切。

堂娜·梅塞德斯　我的天哪！埃内斯托！

埃内斯托　夫人，请你认真想想如今的情形，

就能明白我所言非虚，一切都是我的真心话。

我之所以将内布莱达子爵刺死，都是无奈之举。

和他的决斗异常凶险，不是我死，就是他亡，

一剑刺出，谁也不知道结果如何。

大庭广众之下，子爵信口雌黄，污言秽语，

将我贬损为忘恩负义的无耻之徒，

对我的恩人大放厥词。

胡利安先生为我迎战，却被他一剑刺成重伤。

而胡利安先生最后也将谣言信以为真，让我无言申辩。

像我这样向来桀骜不驯的人，

怎能忍受别人对我的谩骂和羞辱？

怎能背负从没有犯下的罪名？

如此我才走上这条绝路，一切都是迫不得已。

但是我和子爵的决斗，

是为了让所有人的权利不被这样的小人损害，

而不是为了我个人的得失。

在这场没有人群围观，又十分血腥的决斗之后，

我的生活也就结束了，从此一切了无意义。

以后的人生道路上，只有我一个人孤独前行，无人陪伴。

每一天都将波澜不惊，索然无味。

这就是我的未来，如同一张白纸，空无一物。

名誉？早就在谣言中消磨殆尽，没有人再相信我。

家人？已经离我远去，不会再给我温暖的怀抱。

留给我的，只有无尽的悲伤，每时每刻，形影不离。

如今，我早已没有了探求问题的好奇心，

世间的一切对我而言，都没有任何的吸引力，

只有胡利安先生的安危让我挂怀。

我的心中只有对他的担忧，期盼他能康复。

只要知道他还有好转的希望，就是对我莫大的慰藉。

我之所以忍受着大家对我的羞辱和白眼来到这里，

对你百般恳求，就是想知道这个问题的答案。

除此之外，我不会多问你一句话。

请你不要再拒绝回答，夫人。

（对梅塞德斯）我真诚地向你乞求，请你告诉我！

求求你了，夫人！

堂娜·梅塞德斯　既然你如此真诚，那么我可以告诉你。

医生说……胡利安先生的身体在慢慢痊愈，

情势越来越好，这就是现在的情况。

埃内斯托　真的吗？这……是真的吗？

你说的这是实话？是医生说的吗？他能确诊吗？

你不会骗我吧？不会是糊弄我的吧？

啊，你真是一位心地善良的夫人！……你真是太好了！

这个结果确定是真实的吗？……我的上帝呀！

这是真的吗？……胡利安先生一定要活着！

请你一定要将他救回来啊，我的上帝！……

希望他能早日痊愈，再次拥有这美好的人生！……

希望他能饶恕我的罪孽，不再怨恨我！……

希望他能像从前那样待我如亲生，将我拥抱在怀！……

希望我能见到我日思夜想的胡利安先生！

〔跌坐在右侧的扶手椅上，忍不住哭泣，双手捂着脸。停顿片刻。

堂娜·梅塞德斯　要是你的父亲出来看到他……

要是他知道埃内斯托……这……

（从扶手椅上站起来，和佩皮托走向埃内斯托，对埃内斯托）

不要那么激动！你这样冲动鲁莽，于事无补。

振作点儿，不要害怕！

佩皮托　埃内斯托这样的男子汉竟然也会哭？

亲眼看到他流泪，真是不可思议。

（旁白）我真是害怕这样冲动的男人，

哭的时候是这个样子，杀人的时候也是这个样子！

无法克制自己的情绪，

冲动之下就做出无法弥补的事来。

埃内斯托　我自己的遭遇有何悲伤？它们无足轻重。

比我更不幸的，是"他"，还有"她"。

他们曾给予我深厚的恩情，拯救我于危难之中，

我为他们带来的，却是无尽的灾难。

原本甜蜜的爱情不复存在，夫妻之间的信任荡然无存，

受人尊敬的声名被人污损，尊贵高尚的家庭蒙受屈辱。

这就是我对他们恩情的回报，多么令人不耻！

可是我做了什么卑劣的事情了吗？没有。

我正直坦荡，行事磊落，一言一行可堪审视。

我背叛他们了吗？没有。

我不是恩将仇报的小人，他们的恩情我永生难忘。

可是我的命运中有一颗灾星，

注定了要为周围的人带来灾难，

让我和我的家人承受着痛苦的厄运！

如今我痛哭流涕，以泪洗面，被内疚和羞愧折磨，

像柔弱敏感的女人和孩子一般，

正是因为我无法躲避这注定的灾星，

无法改变这必然会降临的劫难！

如果这些悲惨遭遇和无尽灾难能化解，

需要用我的这犹如涟涟泪水的鲜血，

那么，就是让我将鲜血流尽我也心甘情愿。

我的上帝呀！

请你将我的鲜血全部拿走，

我愿意用此换取所有人的幸福！

尽情地拿走吧，哪怕半滴都不为我留下！

堂娜·梅塞德斯　别那么大声说话！行行好吧你！

佩皮托　行了，现在不谈这些，

把你的这些什么泪水呀，悲伤啊什么的，

都留着以后再说吧。

埃内斯托　为什么要阻止我在这里谈论这些流言蜚语？

难道说，那些谣言可以在外面肆无忌惮地传播，

这里反而成了它们的禁地？

整个马德里城就像一个吞噬人的巨大旋涡，

一旦被卷入其中，就再也无法从中逃脱出来。

组成这个旋涡的就是那无穷无尽的谣言，

它们极速旋转，把正人君子吸到旋涡之中。

整座城市的人都在散播这三个人的谣言，

这力量仿佛一股令人无法抗拒又无法摆脱的洪流，

只能被它裹挟而去。

而向来只会恶毒想象的无耻小人为谣言挖好了沟渠，

好让那些拙劣的闲言碎语可以更快地传播开去。

洪流就从这里向前继续流走，

奔去的前方却是令人心惊胆战的深渊。

这深渊就是众口铄金的地狱，即使你清白无辜，

掉入其中也会成为众人眼中罪孽深重的恶徒。

这三个人就这样蒙受着不白之冤，被谣言打入了地狱。

从此以后，他们只能活在人们的鄙夷之中，

任其他人指指点点，抬不起头来。

尊严已经消失，名誉也不复存在，

无法正常生活，更谈不上什么社交。

原来的一切已经改变，再也回不到从前的平静。

未来等待他们的，只有无尽的痛苦，

再没有美好和幸福。

堂娜·梅塞德斯　别喊了，埃内斯托！你这样大声叫喊有什么

意义？

埃内斯托　我必须大声地喊出来，

就像那春天的惊雷一般，响彻天际。

因为我说的是事情的真相，是真实的消息。

既然是真，为什么不能光明正大地说出来？

为什么不能让大家知道？

将小道儿消息随意散播的人才会刻意压低声音，

仿佛那是什么重要的秘密，只能告诉最亲密的人。

如今马德里城的人们都在说着一则了不得的大新闻，

这则大新闻惊世骇俗，大家闻所未闻。

可是这则新闻到底是什么起因，过程又是如何，

当事人是怎样的心态，结果又是怎样，

这一切，没有人知道真相。

如今的世道就是如此，

哪怕是道听途说的消息，哪怕没有亲眼所见，

他们也敢将谣言散播得无所不在。

仿佛那就是世间的真理，必须尽人皆知；

仿佛那就是真实发生，容不得人质疑。

最后，谣言越传越真，而真相已无人探听，

所有人都将谎言当作了事实。

众口铄金，大家只知道这危言耸听的大新闻！

〔埃内斯托已经从扶手椅上站起来，而堂娜·梅塞德斯和佩皮托正巴望着埃内斯托把马德里城人都在说的大新闻说出来，两个人饶有兴致。

胡利安先生以为他的夫人和我有暧昧，

没想到竟然真的在我的家中发现特奥多拉。

我因为丑事被胡利安先生发现，气急败坏之下，

拔出了自己的长剑刺向胡利安先生。

我这一剑那时已不是为了自己的荣誉而决斗，

而是为了丑事不被张扬而想要杀人灭口。

胡利安先生这位无辜又正直的君子，

只因发现了他的夫人和我果真有不耻之行，

就被我这个卑鄙无耻的小人刺成重伤。

有些说法似乎对我有利，但依然以为胡利安先生是被我刺伤。

只不过他们觉得我这一剑没有什么龌龊的想法，

不是什么恼羞成怒，也不是什么赶尽杀绝，

而是为了保护自己不受伤害，不得已而为之。

如果说这是一场决斗，那么自始至终都在规矩之内，

我所做的一切没有逾矩，自然无可指责。

这样的人将所谓我刺向胡利安先生的一剑说得冠冕堂皇，

似乎这样说就是和我有多大的交情似的。

还有一些人，以为他们了解的才是事情的真相，

好像他们就在现场，知道所有的内情。

他们说，并不是胡利安先生将特奥多拉堵在我家，

我不想丑事败露而拔剑相向。

而是我本就约好了和内布莱达子爵的决斗，

而胡利安先生代替我迎战子爵，

重新定好决斗的条件，生死相搏之后身受重伤。

而我埃内斯托呢？

也许是因为我像个缩头乌龟不敢出门，

害怕不能战胜子爵，害怕被子爵刺死，

既想逞英雄，又不想失去性命。

也许是因为我不是个勇敢的男子汉，

对这场残酷的决斗不知道如何是好，

选择的是否正确，放弃的是否舍得。

也许是因为我还在和女子缠绵，

连关乎生死的决斗都忘在了脑后，

和内布莱达子爵决斗的，只能是胡利安先生。

不！不是真的！都不是真的！

这些全都是谣言！全都是假的！

他们根本不知道发生了什么，

关于这场决斗，关于我们三个的为人，

他们什么都不知道，就在背后乱嚼舌根。

这样可怕的舆论让我无能为力，

凭我一个人的力量，怎么能够改变所有人的想法？

这样卑劣的谣言让我义愤填膺，

这些人心地歹毒，将无辜之人的尊严无情地践踏！

我的体内好像有一座马上就要喷发的火山，

炽热的岩浆已经涌到了火山口，

下一秒钟也许就要喷发出来。

如今的马德里城，遍布的都是骗子和小人，

从他们的嘴里，你还能听到什么真话和真相？

只有浮想联翩的谎言假话和卑劣龌龊的流言蜚语，

你只能看到他们灵魂中的无耻下流和心中的恶毒。

这就是那些造谣的小人，他们毫无所为，

只会让这个世界变得乌烟瘴气、臭气熏天，

安宁美好的生活荡然无存，只剩下凌乱不堪。

污言秽语充斥了整个城市，小道儿消息满城传布，

虚假不实终于变成了板上钉钉。

无聊的人们以为自己说的不过是一件惊悚的绯闻，

或者是一个体面家庭见不得人的丑事，

却不知道这样的满城风雨给他们带来的是怎样的打击，

他们的名誉是如何在诽谤和侮辱中丧失殆尽，

他们的内心在经受着怎样的折磨和煎熬。

那两个青年男女，他们做错了什么？

却成了忘恩负义的无耻之徒！

那位天真纯洁的夫人，她又做错了什么？

却成了不知廉耻的轻浮女子！

堂娜·梅塞德斯　事情发展到这样的地步，

我知道你们都很悲哀。

家庭破裂，名誉无存，谁也无法承受这样的结局。

可是这些谣言也不算全是信口雌黄、随意捏造。

无风不起浪，若不是你们的行为太不检点，

人们怎么会抓住丑事的把柄？

佩皮托　我们看见特奥多拉就在你家，而且还是在……

埃内斯托　一派胡言！

特奥多拉去我家只是为了劝阻我和内布莱达子爵决斗，

她想要调停纷争，平息矛盾，不愿意见到流血丧命。

但是，她更不愿意的是我要去捍卫她的名誉，

因为这样的决斗更会引人猜测，让事态变得不可控制，

而她和胡利安先生也将颜面尽失。

佩皮托　如果她的理由这么光明正大、坦荡磊落，

为什么她要躲在你的卧室之中？

她在逃避什么？还是在隐瞒什么？

有什么秘密是只能你们两个悄悄说的？

埃内斯托　本来人们就以为我们两个有暧昧，

若是被其他的人看见她到了我的家中，

绝对会将传闻信以为真，甚至传出更恶毒的谣言。

我怎么能够这样对待曾给予我关心的特奥多拉？

只能委屈她避于卧室之中，也是避免谣言。

佩皮托　埃内斯托，你以为会有多少人相信你的解释？

你以为这件事的缘由简单明了，别人也会一目了然。

但是你错了，这件事情比你想象的复杂千万倍，

你的这些解释根本不能服众。

一看到她出现在你家，人们自然而然地会认为你们两个……

埃内斯托　够了，佩皮托！这就是你想看到的结果吧？

我再一次成了谣言的牺牲品，死在卑鄙的谣言之下，

因为不存在的错事而背负罪行，受人唾弃。

你看到我这样愤怒而又狼狈，不知道会有多高兴！

佩皮托　你这样说未免太过夸张，我怎么会是这样的小人？

我相信你的解释，可是那又如何呢？于事无补。

特奥多拉是不是在你家中？是不是在你的卧室之中？

这是有目共睹的事情，谁也无法抵赖。

哪怕你用尽各种办法解释，这都是事实，你也得承认。

就算你们两个没有什么暧昧，就算她没有移情别恋，

这样随意地出现在别的男子的卧室之中，

如此草率而又轻浮，被人指责也无可厚非。

埃内斯托　恶毒小人随意捏造诋毁无辜之人的污言秽语，

善良纯真的女子思虑不周的无心之举，

二者相比，哪一个合乎情理？哪一个罪孽深重？

在你们的判断标准里，

污言秽语是正确的，无心之举反而是错误的；

恶毒卑鄙是可以接受的，善良纯真却是被厌弃的。

佩皮托　如果你这么说，我是不是可以这么理解：

这个世界上如果没有了天使，没有了圣人，

那么剩下的其他人中，基本上找不到好人，

都是些十恶不赦的恶魔，犯下丧尽天良的罪恶。

这就是你的想法吗？

埃内斯托　没错，我就是这样想的！

天底下就是小人太多，而好人太少。

可是我最厌恶的反而不是流言蜚语本身，

就算他们说的话再难听，我也可以默默忍受，不去辩解；

就算他们对我不理不睬甚至满目鄙夷，我也可以泰然自若。

我不能忍受的是他们无聊而又可怕的想象，

极尽能事地想象绯闻中的所有细节，

将羞耻难堪的罪名套在无辜之人头上。

他们说这对男女是在"偷情"，

又捏造了很多引人想象的"隐私"之事。

哗众取宠的办法虽然低俗，却让别人都注意到他们的谣言，

继而一传十十传百，每个人都相信了这样的丑闻，

相信了我们是恩将仇报的无耻小人。

从此，人们干净纯洁的心灵也被蒙上了污浊之物，

美好被丑恶占据，平静被混乱替代，

乌烟瘴气，无所逃遁，整个城市都沦陷在谣言中。

这就是这群小人做出来的事情！这才是事实！

对流言蜚语，我鄙夷蔑视；对这群小人，我深恶痛绝。

哪怕是在黑夜之中，看不见世间万物，

也能"看见"他们的卑鄙无耻！

（旁白）哦，看看他们的眼神，看看他们的表情，

这是怎么回事？我不明白。

难道他们也不相信我说的话吗？

难道他们也将真相置若罔闻吗？

他们把我看作怪物，对我的言论瞠目结舌，

以为我是在为自己狡辩，以为我在掩饰真相！

（大声地）我就是我，不会更改名字，也不会变换姓氏，

我就是埃内斯托，埃内斯托就是我。

内布莱达子爵是被我所杀，对此我决不否认。

子爵当着众人的面散播谣言，

破坏正人君子的名誉，践踏善良之人的尊严，

这样的恶行让我怒不可遏，无法忍受！

我不能让这样的小人得逞，不能让君子被陷害，

不能让无罪之人被冤枉。

我要为他们报仇，手刃子爵！

如果还有人做出和他一样的事情，甚至更卑劣的事情，

受到的报复会更加凶狠，我决不手下留情。

佩皮托　（旁白，对梅塞德斯）你听埃内斯托说的话，

看来他不仅从来没有后悔过自己做的事情，

甚至连自己做错了什么都不知道。

这样的人又怎么会洗心革面，痛改前非？

堂娜·梅塞德斯　（旁白，对佩皮托）我不相信他说的话。

众目睽睽之下发生的事情，谁还能够否认？

再多的解释都是无用功，大家都会怀疑他的用心。

佩皮托　他竟然还以为自己刺死子爵是为正义而战，

厚颜无耻地吹嘘夸耀自己大义凛然、坚贞不屈，

真是狂妄自大、自命不凡。

堂娜·梅塞德斯　（大声地）埃内斯托，你快走吧！

请你离开这里，不要再来了！

埃内斯托　在我没有见到胡利安先生之前，

让我离开决无可能，你也赶不走我。

如果你这样坚持，我将会控制不住自己的情绪。

到时候发起火来，你可别怪我。

堂娜·梅塞德斯　如果塞维罗见到了你，怎么办？

他决不会饶了你，你不害怕吗？

你还是快走吧，别让他见到你！

埃内斯托　见到又如何？有什么害怕的？

我没有做任何错事，也没有欺骗任何人，

光明磊落，何惧之有？

只有做错事的人才会心虚，也只有心虚的人才会躲避。

塞维罗是一个好人，他做事有原则，对人向来宽容温和，

不会放过一个坏人，也决不会苛责一个无辜的人。

如果他来了，那就更好了，我决不会躲避。

佩皮托 （侧耳倾听）好像有人过来了，不知道是谁。

堂娜·梅塞德斯 不会是你的……

佩皮托 （走向舞台的深处）不，不是我的父亲。

来的人是特奥多拉。

埃内斯托 特奥多拉……哦，特奥多拉！

我想见她一面……请让我见她一面……

让我见见她……

堂娜·梅塞德斯 （严厉愤怒地）埃内斯托！

都什么时候了，你还在这里说胡话！

佩皮托 埃内斯托，够了！别犯浑了！

埃内斯托 我想要见特奥多拉一面，没有别的目的。

只是想当面向她道歉，表达我的羞愧之情，

请求她能够原谅我的冒失，宽恕我给她的伤害。

请不要误会，我决不会做傻事。

堂娜·梅塞德斯 你就不想想现在是什么情形？

请你不要那么冲动，为……

埃内斯托 你不必再指责我，我知道你的意思。

我虽然冲动冒失，但是决不会做不该做的事情。

现在的情形我看得一清二楚，

有些事情我已经不能再做，否则事态无法挽回。

我要为她考虑，为大家考虑，不能太自私。

你们依然在怀疑特奥多拉和我之间有暧昧？

你们依然害怕我们会做忘恩负义之事？

哦，请不要这样想，我和她都不是这样的人。

啊，我真是受够了这样的对待！不要再这样想了！

若是为了特奥多拉，我可以奉献一切。

为她流血受伤，为她付出生命，

为她放弃前途，为她丢掉名誉，

甚至做人的良心，我都可以不要，只要是为她！

可是如今，哪怕失去所有，我也无法再见到她。

今生今世，我们再也不可能彼此相见。

这一次的离开，也许就是永别。

远去南美，还有再次相见的可能；

无情的谣言，却让无辜的人永远分离。

我们中间隔着一条纵深的鸿沟，

跨越这条流着鲜血的鸿沟简直是天方夜谭。

这样的事情令人痛心疾首！

〔从左侧下，离场。

第五场

人物：堂娜·梅塞德斯、佩皮托

堂娜·梅塞德斯　你的父亲在里面照顾病人十分辛苦，
你进去陪陪他，看看他是否需要帮助。
我一个人和特奥多拉说说话，让我看看她到底怎么想的。

我相信我能打开她的心扉，探察到她的灵魂深处。

这样的谈话我很有把握，定能让她向我倾吐心声。

我今天一定要知道她最真实的想法，

不要敷衍，不要谎言，只要真话。

佩皮托　好，你们在一起好好说说。

说不定特奥多拉会对你推心置腹，

将内心最真实的话向你和盘托出。

堂娜·梅塞德斯　再见，佩皮托！

佩皮托　再见，我的母亲！

〔从舞台的右侧中景处下，离场。

堂娜·梅塞德斯　既然已经打定主意，那就这么做吧。

第六场

人物：特奥多拉、堂娜·梅塞德斯、埃内斯托

〔特奥多拉畏畏缩缩地走进客厅，看起来非常害怕，而且十分忧虑。她走到舞台右侧中景处堂·胡利安的卧室门前停下，侧耳倾听里面的动静，十分焦灼。用手帕捂着嘴啜泣着。

堂娜·梅塞德斯　特奥多拉，我可怜的孩子呀……

特奥多拉　（走向梅塞德斯）你在这里？

堂娜·梅塞德斯　特奥多拉，不要再哭了。泪水于事无补。

现在这种情况，你需要坚强一些，不要胆怯懦弱。

特奥多拉　我的丈夫怎么样了？他的病情严不严重？

医生诊断之后是如何说的？现在有没有好一些？

请你实话实说，我不想听你说什么安慰的话。

堂娜·梅塞德斯　胡利安先生的病情正在好转。

特奥多拉　医生一定能把他救过来的，是不是？

他一定会没事的，是不是？

堂娜·梅塞德斯　我想是的，胡利安先生应该会没事的。

特奥多拉　天哪，上帝保佑他吧！

胡利安，我会为你活着的！

堂娜·梅塞德斯　（亲密地把特奥多拉扶到舞台的前景处）

特奥多拉，看到你如此坚强，不再懦弱地哭泣，

我的心中多么高兴和轻松。

你是一个有理性的人，能够明白其中的道理，

你值得我的信任，不是吗？

哭泣没有任何用处，泪水只能代表你的胆怯。

哪怕追悔莫及，过去的事情也无法改变。

沉浸于哀伤之中，那么你连未来也将失去。

特奥多拉　你说的这些我都清楚。

〔堂娜·梅塞德斯满意地点头。

我不应该去看埃内斯托，唉，真是不幸。

我本就没有什么想法，只不过是去劝阻他不要决斗。

可是人们却误以为我和他有什么暧昧，

之前已经平息的谣言竟然卷土重来，甚至更加猛烈！

我真是太不幸了！我不应该这样做的。

〔堂娜·梅塞德斯看到特奥多拉并没有如她所想那般忏悔自己的错
误，表现得有些不高兴。

梅塞德斯，我非常感谢你昨晚向我讲述的那些事情，

你是一个热心的人，你愿意帮助我，我很高兴。

虽然你曾经向我传播了可怕而又卑劣的谣言，

我被你深深伤害，那时我以为你是在煽风点火。

但是如今，你主动告诉了我那天发生的所有事情，

让我了解了事情的经过，我要谢谢你。

若不是你，我不会知道其中的内情：

他们和内布莱达子爵是如何争执吵闹，

还有那凶险万分的决斗是如何进行的。

这一切，我原本都不甚清楚明了。

你完全可以相信我的解释，相信我的清白。

虽然当时的情形很容易引起人们的误会，

原来的谣言就已经让真相扑朔迷离了，

更何况现在胡利安亲眼所见我在埃内斯托的住处。

但是我说的绝没有一句谎话，我绝不会欺骗你。

这就是事情的真相，决不是外面谣言所传的那样不堪。

我的天哪，那样的夜晚多么痛苦难熬！真是度日如年。

（双手交叉，双眼望着天空）

现在我依然记得那个夜晚发生的所有事情，

一幕幕浮现在我的眼前：

伤痛折磨的呻吟声，断断续续的梦呓声，

我的胡利安被愤怒折磨着！

那恶毒的谣言让他的名誉被玷污！

那险恶的决斗让他身受重伤！

埃内斯托，那可怜的孩子，

为了我的名誉，他也以命相搏，生死未知……

你为何用这怀疑的眼光看着我，

难道我说的这些有什么不对？你不满意什么？

还是我对你做的解释你并不相信？

你依然像别人一样，以为我心存歹念、忘恩负义？

你不信任我，是吗？

堂娜·梅塞德斯　（语气生硬地）我没有不相信你，

也没有认为你忘恩负义，你的解释我都明白。

只是到了现在这种地步，我不明白你为何还在担心他？

外面的流言蜚语有多恶毒你不是不知道，

为什么还要做这种毫无意义甚至自讨苦吃的事情？

埃内斯托是生是死与你有什么关系？

你这么关心他，只会让谣言更加肆无忌惮。

特奥多拉　我怎么能够不担心埃内斯托的生死？

和他决斗的内布莱达子爵，可是一位厉害的剑手。

谁去迎战子爵，都是十分危险的事情。

子爵不是把胡利安……

堂娜·梅塞德斯　再厉害的剑手不还是被人刺死了吗？

任他剑术再高超，决斗再勇敢，

最后还是被对手一剑刺中心脏，

躺在地上，再也无法起来。

胡利安先生的仇终于得报，那个人为他一雪耻辱。

知道了这些，你就再也不用担心那个人的生死了，

也不用再为他流泪哭泣、伤心不已。

这下你满意了吧？（不怀好意地）

特奥多拉　（饶有兴致地）是埃内斯托刺死了内布莱达子爵？

是他为胡利安报的一剑之仇?

堂娜·梅塞德斯　当然是他,除了埃内斯托还能有谁?

你刚才不还在为他担心吗?

特奥多拉　埃内斯托用长剑刺中了内布莱达子爵的心脏?

堂娜·梅塞德斯　没错。

决斗向来如此,你对着我,我对着你,

一剑刺出,直击心脏,一命呜呼。

特奥多拉　(克制不住自己的激动)天哪,埃内斯托!

他不顾自己的性命和子爵决斗,这样的英勇行为令人佩服。

如此奋不顾身、出生入死,

只是要为胡利安报仇,来报答胡利安对他的深厚恩情。

埃内斯托知恩图报,他的高尚情操令人尊敬。

堂娜·梅塞德斯　够了,特奥多拉!

特奥多拉　怎么了,梅塞德斯?你想说什么?

请你告诉我,我洗耳恭听。

堂娜·梅塞德斯　不要在这里胡言乱语了,特奥多拉。

其实你心中的真实想法我一清二楚,

再如何遮掩也瞒不住我的眼睛。

特奥多拉　你知道我心里在想什么?

堂娜·梅塞德斯　没错,我知道。

特奥多拉　那请你告诉我,我在想什么?

我心中有什么真实的想法?

堂娜·梅塞德斯　这还需要问我吗?你自己一清二楚!

明明知道自己在想什么,还来问我?

你自己的心思你自己还不知道吗?

特奥多拉　我在想什么？

我在想着终于有人为胡利安报仇雪恨了！

如此羞辱终于洗刷，我的内心无比激动，

无论如何也没有办法克制！

我知道，现在胡利安伤势依然严重，不能懈怠，

我满心忧虑，怎么能够高兴得起来？

但是听到了埃内斯托刺死了内布莱达子爵，

我还是真心觉得喜出望外，这绝对是一个好消息。

堂娜·梅塞德斯　不，不只是这些，你还在隐瞒我。

还有一些事你没有说出来，但是我都知道。

特奥多拉　我怎么想的我自己最清楚，

这就是我最真实的想法，没有任何隐瞒和欺骗。

你怎么能够知道我内心是怎么想的，

况且是连我自己都不知道的事情？

堂娜·梅塞德斯　你的心里对别人有了敬慕，

这种敬慕最开始更多的是尊敬，是崇拜，

但是慢慢地，它就会变成喜爱，变成钟情。

不知不觉，你就掉入了爱情的深渊中去了！

特奥多拉　敬慕？崇拜？

我对哪个人崇拜了？我怎么不知道？

请你告诉我。

堂娜·梅塞德斯　当然是他！

你说，他奋不顾身，如此英勇，令人佩服。

特奥多拉　我敬重的是他的高尚情操！

他从没有忘恩负义，为了报恩甚至不顾生死，

这样的行为难道不够高尚吗？

堂娜·梅塞德斯 这两个人都是这样的不知悔改，

我看，都不是什么好人。

既然如此，以后可就要看好戏喽！

特奥多拉 我不明白，你是说我的话太过放纵？

还是我哪里说得不对，不符合这个社会的规矩？

堂娜·梅塞德斯 你的话不只放纵，而且放荡。

在我面前，你都能说出这样不知羞耻的话来，

我真想象不出，你在他面前能说出什么不堪的言语！

特奥多拉 够了，我不想再听这样的话！请你不要再说！

说什么话，做什么事情，你们都能浮想联翩，

将最恶毒、最阴险的想象倾注其中，

再简单的事情都能让你们弄复杂，

再纯洁的感情都能被你们玷污。

我真是受够了你们这群无聊的人乱嚼舌根！

我对任何人都没有爱慕之情，我的心中只有同情。

从现在到以后，从生到死，永远相随。

这就是我的内心，这就是我的感情，

我问心无愧，可以向所有人坦白。

堂娜·梅塞德斯 同情？你同情谁？是他？

特奥多拉 我的丈夫，胡利安。

只有他，我只同情他一个人。

除了他，谁还能占据我的感情？

堂娜·梅塞德斯 对于一个女人而言，

如果她的心中有了"同情"，那么这个时候，

她的心中就会同时产生另一种感情，

这种感情就叫作"遗忘"。

同情和遗忘，它们一起存在于你的心中，

有此就有彼，决不会单独发生。

你一定听说过这样的说法。

特奥多拉　好了，不要再说了！

我真的不想听你再说这样的话了！我的天哪！

求求你，别说了，就当是可怜我了，好吗?

你就当是怜悯我的痛苦，好心做了一件好事。

堂娜·梅塞德斯　我不是指责你做错了什么，

也不是让你来听我对你的教训。

我好心好意说出这番话来，是想帮助你，

让你不再深陷迷途不知悔改，

让你从错误的想法中挣脱出来，

让你知道人生之路如何走才是对的。

你是一个涉世未深的年轻人，很多道理你都不曾明白，

而我却是饱经世故之人，经验教训比你不知多多少。

这些都是我的经验之谈，而非刻意教训你。

〔暂停片刻。

特奥多拉　不，我并没有听出来你有多么想帮助我。

相反，我从你的话中听到的全都是恶魔的引诱。

你就像是撒旦的化身，将我引诱向邪恶的地狱。

我的母亲、姐姐还有朋友安慰我时，

我能体会到他们对我的关切。

你说的每一句话每一个字，我也都听在耳中记在心中，

可是我的心感受到的，却没有任何的温暖。

无论你说什么，无论你用什么方法，

无非是想引诱我承认，我对胡利安已不再忠贞如初。

你以为在我的心中，胡利安已经不像从前那样重要，

卿卿我我的日子已经逝去，爱情的裂缝越来越深。

而另一个人在我心中的地位越来越高，

也许甚至已经取代了胡利安。

这个人曾经是朋友，现在你们却以为他成了情人。

对他来说，这样的指责是侮辱，是玷污；

对我来说，这样的谣言是羞耻，是污蔑。

两个人不堪的感情如同干柴烈火，

将我和胡利安的恩爱付之一炬。

如果是为了我的丈夫，我最爱的那个人，

（指着堂·胡利安的卧室）

我心甘情愿奉献我的一切，

无论生命还是名誉，我都毫无畏惧。

若是再遇到以前那样的困难和艰辛，

为他流尽我的每一滴血，我也在所不惜。

只要他需要我，我愿意为他赴汤蹈火、粉身碎骨。

可是你们在做什么？在说什么？

无非是想拆散我们，让我和我心爱的丈夫一刀两断，

从此恩爱的夫妻劳燕分飞，再无情意。

这就是你们的目的！

若是现在我能够走进胡利安的房间，

将我的丈夫紧紧地抱在怀中，

他就能清清楚楚地感受到我对他的痴情爱意，

明白我对他的心意从未改变。

在我的心中，他就是唯一的爱人，也是最爱的人，

无人可以替代，也不会有人能够替代。

今生今世，我将和他相濡以沫，相守到老。

不堪传闻尽是谎言，我的眼泪就能证明我的清白。

只要你的丈夫塞维罗允许我见到胡利安，

那么就能消弭我和胡利安之间所有的误会，

驱散扰乱我们生活的流言蜚语，

再没有怀疑和不安，也没有争吵和指责。

我的心和他的心牢牢地贴在一起，再也不会分开。

我们恩爱如初，彼此忠诚。

我不明白，为什么爱和尊敬不能同时存在？

为什么只能崇拜自己的丈夫，而不能崇拜其他的人？

哪怕这个人是为了捍卫我的名誉，

哪怕他这么做是冒着牺牲生命的危险，

我都不能流露一丝的崇拜和尊敬，为什么？

我对伟大的爱情忠贞如初，与此同时，

我却不能对高尚的情操表示敬佩，为什么？

难道我对他表示了崇拜就意味着我爱这个人？

世人的逻辑让我困惑不解。

如果我对这样的牺牲视而不见，

不但不去报答恩人的拯救，

反而对这样的恩情避之不及，

那样的我才真的算是翻脸无情的小人。

我的天哪，这是什么样的世道哇！

我听够了这样毫无道理可言的逻辑，

我受够了你们随意捏造、信口雌黄的谣言，

我也看够了那痛不欲生的凄惨场景。

这污言秽语让我和胡利安之间有了裂痕，

这疑神疑鬼让我们不再心心相印，

肆虐的谣言就这样将我们死死地纠缠着，

让我们深陷在乌烟瘴气之中，

看不清原来的生活。

日复一日，连我也被这谣言所迷惑，

怀疑渐渐占据了原本平静的内心。

这时候，我不禁问我自己：

在我心灵的最深处，究竟隐藏着什么？

那悸动不安的羞耻之情，是否真的存在于其中？

他出现在我的某一个痛苦时分，触动了我的内心，

让我对他产生了爱慕，可是我自己却没有发现？

人们怀疑我对他的感情逐渐变质，

从纯洁的友情到肮脏的暧昧，难道是真的？

堂娜·梅塞德斯　现在你还在说这些胡话？

我对你推心置腹，直言不讳，

你却对我东遮西掩，瞒天昧地。

什么时候你才能坦诚相告？

特奥多拉　这些话都是我的真心话，

我从未对你有所隐瞒，也不曾对你撒谎。

堂娜·梅塞德斯　难道你没有对他有过爱慕之情？

难道你们之间没有爱情的火花？

你敢说你的心思从没有动摇过？

我不相信。

特奥多拉 不相信？

梅塞德斯，难道我向你解释了那么多，

你还是不相信我的清白？

难道我如此真诚地向你表达我的心意，

你依然怀疑我与他之间有暧昧？

我没有想到，你还是像以前那样不信任我，

宁愿相信谣言，也不愿意听听我的真心。

以前你听到别人造谣污蔑我，

居然也跟着添油加醋，火上浇油，

那时候的我是那么恼恨你。

如今你还是这样，可是我不想跟你争执吵闹，

只是想将真相向你解释清楚，让你辨明是非。

我是一个受人尊敬、规矩正派的夫人，

还是一个放纵不堪、寡廉鲜耻的女人？

我是一个心地善良、感恩图报的人，

还是一个忘恩负义、恩将仇报之徒？

我是一个温柔贤淑、举止得体的贤妻，

还是一个粗俗无礼、不知分寸的毒妇？

人们是否真的以为我做出了那般羞耻不堪的丑事，

所以理所应当承受众人的指责？

难道你真的不愿意了解实情，任由谣言肆虐？

难道你真的不相信我，怀疑我做了错事？

(跌坐在舞台右侧的那把扶手椅上，双手捂着脸)

堂娜·梅塞德斯　可怜的特奥多拉，请不要再哭泣。

你的一番解释已经足够让我了解事情真相，

我并不愿意谣言肆虐，也不想再听到那些污言秽语。

请不要再哭泣，我相信你的真心，也相信你的辩解，

这一切如你所说，没有任何的不堪和错误。

请不要再哭泣，你向来天真善良，不知人心险恶，

我不想让你误入歧途，被他人所骗，堕入深渊，

所以才会好心好意出言提醒你，

让你能够看清他的真实面目：

埃内斯托，没有你想的那么正直善良，他绝非良人。

埃内斯托，实则是一个恶毒卑劣的小人，你不能信他。

特奥多拉　他没有你说的这般不堪，梅塞德斯。

我相信他是一个好人、一位君子。

堂娜·梅塞德斯　你太天真了，被他的假象蒙蔽了，

而我早已看穿他的伪装，知道他绝非正人君子。

特奥多拉　不，不是这样的。

他敬重胡利安，视他如亲生父亲一般，

对胡利安的恩情也从未忘记，是一个知恩图报的好人。

堂娜·梅塞德斯　这只不过是他做出来装装样子罢了，

也就你这样单纯无知的年轻人，才会上当，被他蒙骗。

他骗了你，你还如此相信他！

特奥多拉　说来说去还是这样！我的上帝呀！

堂娜·梅塞德斯　你不要对我的话不耐烦，

请你继续听下去，就能明白我为何这样规劝你。

你不知道他内心所想，以为他还是一位正直君子，

但是你可知道，他已经爱上了你！

特奥多拉 （非常惊讶，站起来）爱？

你是说埃内斯托，他爱我？

不，这不可能。

堂娜·梅塞德斯 怎么不可能？你以为我在骗你？

这可不是我的一面之词，现在还有谁不知道这件事？

这个暂且不说，就说刚才，他就在这里……

天哪！你能想象得出来吗？

就在这大厅之中，就当着我和佩皮托的面，

他竟然就……

我真是不敢想象他如此胆大妄为。

特奥多拉 （忐忑不安地）他怎么了？

他说什么话了，还是做什么事了？

究竟如何，请你告诉我。

堂娜·梅塞德斯 他的心意已经和盘托出！

毫无顾忌表露自己的爱意，说到情绪激动时，

竟然许下了惊世骇俗的誓言，

愿意为特奥多拉奉献一切：

流血受伤，付出生命，放弃前途，

甚至丢掉名誉，舍弃良心。

只要是为特奥多拉，他的所有都可奉献，在所不惜。

他听到你来，非要见你一面。

我和佩皮托怎能任由他胡来，不顾你的声誉？

若是让他见到了你，谁知道他会做出什么事来？

他见我们如此坚持，见你无望，只能离开。

他的到来让我忧虑难安，

哪怕他离去之时我也胆战心惊。

若是让塞维罗看到了埃内斯托，

你可知道结局会是如何？

塞维罗早就对他怒不可遏，恨不得将他就地正法。

哪怕粉身碎骨，也不能平息塞维罗心中的愤怒。

若是二人相见，场面定然血腥残忍，不可收拾。

我已经把他的真实心意全都告知于你，

你是否还是像以前那样信任他、崇拜他？

特奥多拉　（虽然不是真心如此，但还是表现出一种特别的感情，混合着无法用语言形容的恐惧，还有某种特别的兴味）

我的上帝呀！这怎么可能？

那原本信口雌黄的谣言，无凭无据的传闻，

竟然一语成谶，变成了事实！

人们都说他对我有暧昧之情，

没想到他竟然当众表露对我的爱慕之情，

这让我如何是好？天哪！

堂娜·梅塞德斯　你是在流泪吗？这又是为了什么？

特奥多拉　我怎么能够不流泪？我怎么能控制自己的悲伤？

风波之后，我的日子过得压抑而又痛苦，

被谣言折磨的我，早就失去了信心和耐性，

未来的生活，我不知道是否能够走下去，我已经太累了。

难道我的未来，就是在这样的疲惫中度过吗？

唉，我已经得到如此惨痛的教训，难道还不能流泪吗？

只是我可怜的丈夫哇，我的胡利安，

恶毒的谣言让他身心俱疲，我对他万分愧疚。

他是完美的人，是正直坦荡的君子，

如今却被流言蜚语纠缠，名誉尽毁，无法挽回……

他就在屋里，你说他……

还有……埃内斯托……我的上帝呀……

让他离开这里，马上，让他马上走，

梅塞德斯，让他走!

堂娜·梅塞德斯　真是让我欣慰，特奥多拉，

终于听到你改变了心意，让他离开。

这也正是我的想法，你终于明白了我跟你说的话。

我太高兴了，你对他已经不再崇拜。

（发自内心的喜悦）

请你原谅我，我现在才开始相信你!

（热情地抱住特奥多拉）

特奥多拉　这么说，你原来不信任……

〔这句话由演员自行发挥。

堂娜·梅塞德斯　停，不要再说了。

埃内斯托往这边来了。

特奥多拉　（坚决地）让他走，我不见!

让他马上离开我们家，我不会见他的。

请你告诉他，我要去见我的丈夫胡利安了。

〔转向舞台的右侧，想去堂·胡利安的卧室。

堂娜·梅塞德斯　（拦下特奥多拉）我劝不住他。

他现在固执己见，一意孤行，简直不可理喻，

已经听不进任何人的劝告，何况是我呢？

对他，我向来不屑一顾，嗤之以鼻。

他是一个卑劣的小人，我从未相信过他。

如今，你对他也是这样的态度，我也就放心了。

你内心所想我已经全部了解，

我相信你对他已经改变了看法，

这样的人不值得你尊敬！

特奥多拉　请让我去见胡利安！不要阻拦！

埃内斯托　（出场，并停下来）特奥多拉……

堂娜·梅塞德斯　（旁白，对特奥多拉）太迟了！

他已经来了，并且他已经看到你了，

这时候你还能再离开吗？已经是不可能的了。

既然你已经对他鄙夷唾弃，不再崇拜，

而且不愿意他留在这里，想要将他驱逐，

就要把这些话清楚明白地告诉他，

不要含混不清，闪烁其词，

这样才能让他不再心存幻想、胆大妄为。

（大声地，对埃内斯托）我已经请你离开这里，

这是刚刚发生的事情。

现在，这个家的女主人就在这里，

她要向你重复这个命令。

你快走吧！

特奥多拉　（小声地，对堂娜·梅塞德斯）不要走。

和我一起在这里，我不想一个人。

堂娜·梅塞德斯　（小声地，对特奥多拉）为什么？

两个人才心安，一个人就害怕？

对他，有什么可害怕？

特奥多拉 （旁白）不，我并不害怕他。

我不会害怕他的，怎么会害怕他呢？

〔做手势让堂娜·梅塞德斯离开，堂娜·梅塞德斯从舞台的右侧中景处下，离场。

第七场

人物：特奥多拉、埃内斯托、堂·塞维罗

埃内斯托 将我驱逐……让我离开吧！

〔停顿片刻，两个人谁都没有说话，都闪躲着没有正视彼此。

你的意思是，让我马上离开这里，是吗？

〔特奥多拉做出手势表示肯定，但是没有看埃内斯托。

特奥多拉，你的心中不必有恐惧。

你的命令，我决不违抗，

无论你要求我做什么，我都会去做，毫无怨言。

（态度谦恭有礼，但是语气悲伤）只有你！

只有你的命令，我才会绝对服从，

我只对你一个人表示绝对的忠诚。

别人？永远不可能让我服从他们的命令！

我不会向他们低头，只会让他们为难，

这就是我的态度！

（温顺地）也许是因为你，

我在生活中总是进退两难，不知如何取舍，

这样的处境让我为难。

但是我愿意承受这样的艰难，因为你，

只要是为你，没有什么是我不能忍受的。

特奥多拉　埃内斯托，你这样进退两难都是因为我……

是我让你……不!

你将我当作……

（有些害怕和畏缩，还有一些不高兴，没有看着埃内斯托）

埃内斯托　没有，我从没有将你那样看待。（再次停顿）

特奥多拉　永别了，埃内斯托!祝你幸福!

（身体一动不动，也没有看向埃内斯托）

埃内斯托　永别了，特奥多拉!

〔他站着停了片刻，但是特奥多拉还是没有移动身体，没有向他挥手表示道别，也没有看他。最后，埃内斯托离开，走向舞台的深处，但是又走回来，向特奥多拉走来。特奥多拉感觉到埃内斯托去而复返，显得局促不安，但还是没有看埃内斯托。

请你原谅我给你带来的诸多不幸，

看到你深陷痛苦之中，我也黯然神伤。

这一切，都是因为我命运中的那颗灾星，

一颗注定了要给亲人带来不幸的灾星，

让我身边的人都承受着痛苦的厄运。

但是我可以向你许下誓言，

若是付出生命就可以化解灾难、解除痛苦，

让所有的厄运随风消散，

以下所有的不幸都会再也不见：

曾经悲惨的日子留下的伤痛，

压抑的生活滋生的濒死的气息，

〔特奥多拉抬起头看着埃内斯托，眼神中满是胆怯。

苍白而悲痛欲绝的面容，令人惶恐不安的眼神，

〔这个时候特奥多拉正在不停地流泪。

哀痛地哭泣发出的悲痛的声音，

面庞上流淌的伤心的泪水。

我发誓，死亡可以让这些不幸全部消失。

特奥多拉 （离开埃内斯托，旁白）梅塞德斯说得没错！

我以为她是在欺骗我，才会说出那些话来，

原来她说的全都是实话。

我以为埃内斯托不会对我爱慕，现在才知一切为真。

为什么我从未察觉他的心思？

为什么我从不知道这种感情已经产生？

埃内斯托 这次的告别是我们之间最后的一次告别，

请你就当做件好事，和我告别吧！

就和我最后告别这一次。

特奥多拉 永别了，埃内斯托。

我饶恕你给我们带来厄运，招致不幸，

沉陷痛苦之中。

埃内斯托 是我带来的厄运？

是我招致你们不幸？是我让你们深陷痛苦？

是我？！特奥多拉！你为何要这样说？

特奥多拉 你自己刚才就是这样说的，难道不是吗？

我重复了你的话，仅此而已。

埃内斯托　你为什么要这样说？这太让我痛苦了！
我没有做错任何事！我没有犯下任何罪行！

特奥多拉　从现在开始，我们没有任何关系！
从这里走出去之后，你的生活中再也没有我，
曾经没有，未来也没有，我从未出现。

埃内斯托　你为何要用这样的语气对我说话？
你就这样看不起我？我就这么令你鄙夷不屑？

特奥多拉　（指向大门，冷漠地）请你离开！
快走吧，不要再留在这里！

埃内斯托　你就……这样要求我离开！

特奥多拉　我的丈夫就在这间卧室之中，
如果他在这里亡故，
那么我也不会苟活下去，我将追随他而去，
无论他将去往何处。

〔身体摇晃站不稳当，为了避免摔倒，必须扶着扶手椅。

埃内斯托　特奥多拉！（赶快走上前去，想要扶住特奥多拉）

特奥多拉　（态度强硬，严词拒绝）走开！
我不需要你扶我！别用你的手触碰我！
我自己可以站好，不需要你！

〔暂停片刻，演员要发挥自己的才能去表现这一段中的眼神以及动作。
压抑在心中的烦闷似乎消散了一些，
不再那么烦躁，也不再那么焦虑，
人好像也平静了很多。

〔想要向前走几步，但是两腿没有任何力气走动。埃内斯托试图上
前扶住她，但是仍被拒绝。最后她自己离开埃内斯托。

埃内斯托　我只是想要扶你，没有他意，

难道连这样的小忙你都如此戒备吗？

你非要将我拒之千里之外吗？

特奥多拉　（冷漠地）是的，我对你非常戒备。

如果可以，我希望能够尽可能地远离你，

最好是再也不要相见，你也不要再出现。

毕竟，我们如今遭受的所有不幸都是由你带来，

而我们的名誉受到的侮辱也是因你而起。

如果没有你，我们现在不会承受这样的厄运，

生活还是像从前一样，悠闲安逸，无忧无虑。

埃内斯托　由我带来？因我而起？

是我？你说是我？

特奥多拉　当然是你，是你给我们带来了不幸。

埃内斯托　为什么她要说是我？（停顿片刻）

特奥多拉为什么要这样说？我无法接受！

我的天哪！莫非她也想……

难道她也想用死亡解决所有的不幸？

不，不行，不可能！

这绝对不是真的，是我在做梦吗？难道这都是梦话？

这样的事情怎么能够发生？我要控制不住我自己了。

所有的疑虑都涌向大脑，我快要承受不住了。

特奥多拉，你刚才所说一定不是你真正想说的话。

请你回答我，你的内心到底是怎么想的，

难道你真的这样鄙夷我？

夫人，哪怕你让我离开，我也绝无怨言。

但是临走之前，我乞求你能对我说句话。

我乞求，我的罪行能够得到你的饶恕，

我的悲哀能够得到你的垂怜，

我的苦难能够得到你的同情。

上帝保佑，我能够得到你对我说的这句饶恕，

那么，我就可以无怨无悔地与你说一句"永别"。

虽然不能与你再相见，让我心如刀割，

虽然我的命运自此断送，再也没有什么梦想可言，

虽然路途坎坷，再也无法施展我的抱负，

但是，只要你能够饶恕我，

哪怕你将我驱逐，我也心甘情愿。

以后的日子里，只有我一个人孤单地生活着：

没有家人，也没有朋友；没有温暖，也没有关爱。

孑然一身，孤苦无依，举步维艰。

唯一拥有的，就是你的饶恕，你的垂怜，你的同情。

我乞求你能够原谅我，是因为我乞求你能够信任我，

像从前你将我当作朋友一样信任，

以后的日子里，我也能够得到你的信任。

你依然能够将我当作正直坦荡的君子，

而不是卑劣无耻、忘恩负义的小人。

我尊敬你、爱护你，从没有做过侮辱你名誉的事情。

这是我曾经能够做到的，也是将来我能够做到的。

我的为人向来如此，从不会改变，

希望这能得到你的信任。

我对流言蜚语向来鄙夷不屑，

哪怕满城风雨，也动摇不了我的意志。

我对造谣者向来深恶痛绝，

不怀好意的小人血口喷人，

用心险恶的谣言践踏了无辜者的尊严，

无中生有，随口捏造，这就是他们的本事。

我经历了很多，不在乎的更多：

无论是人们对我的阿谀奉承、谄媚巴结，

还是对我的不理不睬、置若罔闻；

无论是叵测的居心，卑劣的用意，

还是漫天的谣言，无端的指责。

这些我从没有放在心上，也从不害怕他们能将我打倒，

因为我对这些不屑一顾，因为我知道如何回击他们。

所以，我任由他们在我的身边张牙舞爪，

他们也无法伤害我分毫。

但是，我无法承受的，却是你对我的失望，

是你对我不再信任，将我拒之门外。

在我心中，你是心地最纯真的人，

你是灵魂最高尚的人，你是我梦想中最完美的人。

可是如今，我的忠心在你眼中已经成了冒犯，

我的誓言在你耳中成了谎言，

我的保护在你心中成了虚伪！

曾经的信任如今成了怀疑，曾经的关爱如今成了排斥，

对我而言这是多么的残酷！

为了你，无论什么我也愿意付出。

正如我曾经向你许下的誓言，

哪怕是生命和名誉我也在所不惜。

是的，为你流血受伤、付出生命，

为你放弃前途、丢掉名誉，

甚至做人的良心，我都可以放弃！

若是你需要我为你做些什么，我绝不会犹豫和推辞。

这是在人世。

若是到了天堂，到了生命最后的归宿地，

我也会为你粉身碎骨、奋不顾身。

（感情强烈，情绪激动，惶恐不安，语气中饱含绝望）

特奥多拉 （忐忑不安的心情越来越强烈）

我是个什么样的人，和你以为的并不一致。

若是单凭猜测和想象，那么你了解到的我并不真实。

你走吧，埃内斯托，从此以后我们一刀两断。

我再也不想见到你，也不希望你再来这里。

埃内斯托 不，我不能接受！

为什么要这样一刀两断，再不相见？

为什么要怀疑我的忠心，拒绝我的保护？

特奥多拉 马上离开这里，求求你了！

不要再在这里了，请你快走吧！

（指向舞台右侧堂·胡利安的卧室）我的丈夫……

他还在里面承受着病痛的折磨，

就请你立即离开吧！

埃内斯托 胡利安先生正在承受的折磨，我一清二楚。

他身受重伤，又被谣言纠缠，对此我很了解。

特奥多拉 既然你对胡利安的情况如此清楚，

那么你做决定的时候，不是应该考虑一下他的感受吗?

希望你能时时刻刻地记得他，提醒自己不要做错事。

埃内斯托　我不会忘记胡利安先生，他永远都铭记在我的心中。

但是，我做的这些事情并不是为他，而是为我。

因为他在承受着病痛的折磨，我也承受着折磨。

这折磨不比他承受的少!

特奥多拉　你也在承受着折磨? 埃内斯托你?

我不知道你在承受着什么，又如何受的伤害，

这究竟是怎么回事? 你是何时受伤的?

埃内斯托　是你让我承受着这痛苦的折磨! 是你。

你对我如此戒备，将我拒之千里之外，

冷漠地对我下逐客令，轻视怀疑我的忠诚，

我无法忍受你——我梦想中最完美的人——

对我这般无情!

特奥多拉　那不是我的真心话，事实不是那样。

埃内斯托　你刚才确实是这样说的，我没有任何遗漏。

你说的每一句话，我都记得清清楚楚。

特奥多拉　说出那些无情的话来，只是欺骗你，

请你不要相信那些话。

埃内斯托　你让我如何不怀疑?

那些话真的只是欺骗我的话? 不是你真心所说?

我不知道是否应该怀疑。

你将我的忠心当作了冒犯，将誓言当作谎言，

我相信这些都不是无缘无故，

但是我不知道这其中的原因。

如今这场纷争也许永远没有尽头，
谁也不知道何时才会结束。
其中的争斗如此残酷无情，
身在其中，谁也无法逃脱。
也许受到的痛苦各有各的不同，
但是每个人都在承受着无尽的折磨。
既然如此，谁又能说自己是胜利者呢？
谁又能说自己真的输了？
就像胡利安先生和我，我们谁也没有赢，
谁也没有将谁打败，因为我们都在苦苦煎熬。
他被子爵一剑刺中，身受重伤，
所经受的，是身体的痛苦，是在人世的折磨。
我被你的鄙夷推向深渊，堕入地狱，
所经受的，是精神的痛苦，是在地狱的折磨。
这场纷争，永远没有结束，永远没有胜利。

特奥多拉　我的上帝呀！
这是怎么回事？为什么听了他的话，
我的脸好像燃烧着的火焰，那么地灼热？

埃内斯托　是什么在压抑着我的心？
为什么让我感觉它已不再跳动？
啊，我的呼吸就要停止，这让我如此痛苦。

特奥多拉　埃内斯托，我请求你不要再说了，
快点离开这里吧，我不愿意再看到你。
看在上帝的分儿上，求求你快走吧！

埃内斯托　我对你别无所求，只有这一件事。

请答应我的乞求，我只有这一件未了之事。

特奥多拉 你希望我能够饶恕你的罪行，

同情你的苦难和所经受的痛苦折磨？

埃内斯托 是的，我乞求你能够看到我所受到的煎熬，

你对我的鄙夷、不屑将会让我在地狱中永远无法解脱，

请你给予我同情，这是我未来日子里唯一能够拥有的。

为什么你害怕对我说真心话？为什么你要欺骗我？

这其中到底是什么原因，你为何要这样对我？

(走近特奥多拉)

特奥多拉 是我太过冲动，失去了礼节，

请恕我冒昧，说出那些欺骗的话语。

还请你能够原谅我这样做。

埃内斯托 你并没有做错什么，我又为何愤怒？

我只是不愿意听到你说这些骗人的话，

因为我想听到你的真心话。

你就真的那么轻视我？怀疑我的忠心？

不，我不相信。

我的泪水已经无法克制，我的双膝已经跪下，

求求你，让我听一句你的真心话。

〔双膝跪在特奥多拉的面前，拉着她的双手。就在这个时候，舞台右侧堂·胡利安卧室的门打开了，堂·塞维罗从卧室中走出，站在房间门口。

堂·塞维罗 （旁白）看看这两个人，他们在做什么！

在这大厅之中，就做出这般不知羞耻的事情来。

他们还知不知道什么叫廉耻，什么叫名誉！

特奥多拉 堂·塞维罗！

第八场

人物：特奥多拉、埃内斯托、堂·塞维罗

〔埃内斯托站在舞台的左侧，特奥多拉站在舞台的右侧，堂·塞维罗站在两个人之间。

堂·塞维罗　（用一种压抑着愤怒的语气对埃内斯托说话，声音压低，不致被胡利安听到他们的对话）

埃内斯托，你竟然还敢来这里！

看到你我就怒火中烧，想起你做的那些事情，

我就忍不住想要将你碎尸万段。

你不但背叛了胡利安，而且还给他带来了侮辱，

我真是鄙视你这样忘恩负义的小人，

甚至都不知道用什么合适的词语来形容你。

不，我只能用一句话来形容你，那就是：

你就是一个卑劣的小人，不知羞耻！

所以，我现在跟你说的话对我来说是一种光荣，

我很庆幸自己能够亲口对你说出来：

别再拖延时间了，马上给我走，离开这里！

埃内斯托　（同上）对于你的逐客令我无话可说，

但是这并不代表着我认同你对我的评价，塞维罗先生。

我之所以不加反驳，绝不是因为屈服于你的威严，

你的话对我而言无足轻重，我怎会听之任之？

我是顾及着特奥多拉的尊严，不想让她为难；

顾及着这个家庭的体面，不愿意亲人反目；

顾及着躺在病床上受着伤痛折磨的那个人，

不能让他身心俱受折磨。

否则，你对我下了如此无礼的逐客令，

我怎能报之以沉默？

堂·塞维罗　（以为他就要离开，用讽刺的语气）沉默？

看来你已经看清了事态如何，知道要遵守社会的规则，

才用沉默作为自己的答案。

如今你做事小心慎重，所做决定也是合情合理。

既然你已经听从了我的要求，那就……

　埃内斯托　我何时说过我要听从你？

看来你还没有听明白我说的话，

我从没有想过听从你的要求，

你的逐客令对我而言毫无效力。

　堂·塞维罗　怎么，你不走？

难道你还想在这里一直住下去？真是痴心妄想！

　埃内斯托　别人对我说什么要求我全都不听，

我只听特奥多拉一个人的命令。

她让我留在这里，我当然不会走。

她没有对我下逐客令，我哪里也不会去，

我就要留在这里。

可是你，塞维罗先生，

这件事情的来龙去脉你到底知道多少？

谣言之后的真相内情你又知道什么？

你什么都不知道，就对我横加指责、谩骂不休，

一腔怒火不管不顾就朝我发泄。

我到底做错了什么，我的真心到底如何，

你从未看得清楚，就口口声声污蔑我"背叛"，

这样的行径与那魔鬼撒旦有何区别？

就在前几天，我还打算离开这个是非之地，

今后再也不回来，这件事情也就从此画上句号。

当时我已经下定决心，但是却没有成行，

这是因为上帝将我阻拦，魔鬼也不让我通行，

我要远走高飞，却无能为力。

如今，我更不会离开这里，我要留在这里，

就像参天的大树，将长长的根深深扎进这片土地。

我的双脚也牢牢扎根在这里，岿然不动。

堂·塞维罗　我不相信这个世界上有什么砍不动的树。

让仆人拿铁锹来，把这棵参天大树的根全部刨掉，

我倒要看看这棵树没了根，还能如何岿然不动！

埃内斯托　好，你若是愿意试试，那就请吧！

〔向堂·塞维罗面前迈进了一步，面带威胁。特奥多拉赶紧走上前站在两个人之间，拦住了埃内斯托。

特奥多拉　埃内斯托！（然后庄重地转向堂·塞维罗）

塞维罗，请你看清楚，这是在谁的家里，

请你想明白，这个家谁才是一家之主，

谁才是这个家的女主人。

在我的家中，我的丈夫胡利安就是一家之主，

他虽然伤重在床，但是他还没有死。

只要他还活着一天，这个家就还有一家之主。

别忘了，还有我这个女主人，

现在还轮不到你来指手画脚，随意驱逐他人。

在我的家，只有我和我的丈夫能够决定谁该走谁该留，

而你，没有这个权利。

（对埃内斯托，语气温柔地）埃内斯托，求求你，

不要在意他说了什么，就当作是耳旁风。

想想我跟你说的话，想想我的处境，

看在我的分儿上，看我为了此事惶恐不安的份儿上，

请你……

〔埃内斯托看到特奥多拉偏向自己，禁不住心花怒放。

埃内斯托 特奥多拉，你是希望我离开这里吗？

特奥多拉 求求你，赶紧走吧，不要再留在这里了。

快走！

〔埃内斯托向特奥多拉有礼貌地低头示意，走向舞台深处。

堂·塞维罗 你到底是何居心，为什么要这样做？

你知不知道你这样做，就是在给我难堪。

我是胡利安的弟弟，看到胡利安被他害成这个样子，

凭什么不能指责他，凭什么不能赶他走？

你竟然还维护他，真是好大的胆子。

还说什么主人、女主人，你这样让我的脸面往何处放？

你明明知道我最在乎脸面，还这样让我处境尴尬，

比起埃内斯托的狂妄，我看你更跋扈，

居然敢这样对我！

〔走向特奥多拉，面带威胁。埃内斯托向舞台深处走了几步之后，停下脚步，但又下定决心继续走向舞台深处。

你真是个灾星，就是你让这个家变成了如今这个样子！

现在竟然还敢让我尴尬难堪，下不来台，

胆子真不小啊，特奥多拉。

马上向我认错道歉！

〔埃内斯托依旧向舞台深处走着，但是走走停停更加明显。

胡利安为了捍卫你的尊严，和内布莱达子爵决斗，

被子爵一剑刺中，性命垂危。

而你竟然还和埃内斯托混在一起，以为谁都不知，

却不曾想被胡利安亲眼看见，

谣言成真，丑闻卷土重来。

不但你从今抬不起头来，胡利安的名誉也被践踏，

这个家自此蒙羞，再无尊贵可言。

如今胡利安这个样子，这个家这个样子，

全都是拜你所赐。

你不但毫无愧疚之心，还处处维护那个无耻小人。

平时唯唯诺诺、胆小怕事，

一旦碰到关于埃内斯托的事情，就如此胆大妄为，

好像有使不完的力气能为他做事。

但凡有人对他有半点儿不好的言辞，你就为他反驳，

好像他才是那个什么错都没有的圣人君子，

别人都是居心叵测的小人。

是不是为了他，你什么事情都能做得出来？

你告诉我，如果不是因为你对他有暧昧之情，

为什么要对他如此偏心袒护？

你们总是说传闻是无中生有，是造谣者信口雌黄，

我看就是证据确凿、无可辩驳。

还说什么自己是女主人，我没有权利赶人。

我告诉你，特奥多拉，

我不但可以让埃内斯托走人，无法留在这里，

在赶走他之前，我还能让你离开这个家。

你这个忘恩负义、不知廉耻的小人，

竟然还敢留在这个家中？

（抓住特奥多拉的一只手臂使劲摇动，动作粗暴，恼羞成怒）

埃内斯托 住手，把你的手放开！

（迅速跑到堂·塞维罗和特奥多拉之间，将他们两人分开）

堂·塞维罗 是你？你不是走了吗，为什么还要回来？

埃内斯托 没错，我又回来了！

堂·塞维罗 你还没有回答我的问题，

你已经走了，为什么还要回来？

〔从这个时候开始失去控制。

埃内斯托 为什么回来？

难道要我眼睁睁看着你如此凶狠跋扈地对待她？

难道这样一个无辜的女子就被你这样无情地欺负？

难道我就任由这可耻的罪行在这里发生？

我不回来，特奥多拉就会被你狠狠折磨；

我不回来，就没有人阻止你的暴行，谴责你的野蛮；

我不回来，怎么能够惩罚你如此任意妄为；

我不回来，你就永远不知道清醒；

我不回来，一切都难以挽回！

现在我回来了，就是为了怒斥你这个小人！

堂·塞维罗 我是小人？真是可笑。

你有什么资格怒斥我?

在这个家里，没有你说话的份儿!

你还想骂我?

埃内斯托 没错，我就是要骂你，

骂你这个卑劣无耻、野蛮粗暴的小人!

特奥多拉 拜托，请不要……

埃内斯托 他竟然这样对你!

(使劲抓住堂·塞维罗的一只手臂，对着特奥多拉)

你什么都没有做，他就这样抓住你的手臂用力摇动。

这样霸道粗暴的行为，足见他的内心多么恶毒。

对待一个无辜弱女子都这般咄咄逼人，气势汹汹，

简直无礼至极!

堂·塞维罗 你这样对我才是无礼至极，

真是一个野蛮人，不知礼节。

埃内斯托 你说得没错，正是如此。

我就是一个不知礼节的野蛮人，我承认。

但是抓住你的手却不会放开，

我要牢牢地将你抓住，不能让你走开。

你对待特奥多拉毫不尊重，对她污言秽语，

和那些血口喷人的造谣者有什么区别?

在这样的乌烟瘴气中，她承受了太多的羞辱，

可是这些本不该是她承受的，

她只是一个无辜的人，却被你们恶意揣测。

你有母亲，我不知道你是否爱过她，

也不知道你是否尊重她。

但是，这是你应该做的——尊重女人。

所以，你应该像尊重自己的母亲一样，

给予特奥多拉应有的尊重，

而不是给她不应承受的苛责和谩骂。

堂·塞维罗　真是个狂妄之徒，

竟然用这种语气跟我说话，真是胆大包天！

埃内斯托　没错，我就这么跟你说话。

而且，我要跟你说的话还多着呢！

堂·塞维罗　找死，我非得杀了你！

埃内斯托　你想杀我，可以；但是这不是现在要做的。

如果你想要我的命，以后随时都可以。

〔特奥多拉想要分开两个人，但是埃内斯托温柔地阻止了她，另一
只手依然牢牢地抓住堂·塞维罗的手臂。

现在你要做的事情，不是杀我，而是信奉上帝。

信奉那位至高无上的上帝，那位创造一切的造世主，

和带给这个世界以光明的希望。

这才是你最应该做的事情，比其他事情都重要。

所以，现在就跪在特奥多拉面前吧，

就像跪在上帝的圣坛之前一样。

跪在她的面前，乞求她的饶恕。

马上跪下！脸朝着地！弯下双膝，给她跪下！

特奥多拉　哦，天哪，行行好吧！

埃内斯托　马上跪下！（逼着堂·塞维罗跪在特奥多拉的面前）

特奥多拉　够了，埃内斯托！不要再这样做了！

求求你，不要这样。

堂·塞维罗 你小心点，看我以后怎么收拾你。

我决不会饶了你，你这个暴徒！

埃内斯托 你听不懂我的话吗？跪在她面前！

跪下，快点！

堂·塞维罗 你竟然敢这样对我！

埃内斯托 我当然敢！这有什么可害怕？

对你这种小人，我什么都做得出来。

堂·塞维罗 你这样做是为了谁？为了特奥多拉？

埃内斯托 我就是为她而做，你要向她道歉。

特奥多拉 都停下！不要再吵了！

你们在做什么呀？！别说了……

〔特奥多拉指着堂·胡利安的卧室，担心害怕的表情。埃内斯托这时候也放开了抓着堂·塞维罗的手。堂·塞维罗退到舞台的右侧。特奥多拉拉着埃内斯托走向舞台的深处，两个人在舞台的另一侧形成了一组造型。

第九场

人物：特奥多拉、埃内斯托、堂·塞维罗、堂·胡利安、堂娜·梅塞德斯

〔特奥多拉、埃内斯托、堂·塞维罗在台上，随后堂·胡利安、堂娜·梅塞德斯出场。

堂·胡利安 （在内台）不要拦着我，我不能在这里，

我要出去，我要出去……

堂娜·梅塞德斯 （在内台）不，你不能出去。

我的天哪！请不要出去！快回来吧！

堂·胡利安　你听，是他，还有她，

是他们两个，我要见他们两个！

让我出去，我们一起出去，我要去见他们。

特奥多拉　（拉着埃内斯托继续往舞台深处走，对埃内斯托）

不要留在这里了，快点走吧！

请你不要再来了，马上离开这里！

堂·塞维罗　（对埃内斯托）等着瞧吧你！

我不会放过你的，你小心着点！

你这个小人，我一定会杀了你！

埃内斯托　随你想怎么做就怎么做吧，我不会在意。

〔这个时候堂·胡利安出场，而堂娜·梅塞德斯一再拦着他不让他出来。堂·胡利安身体虚弱，面色十分苍白，看起来危在旦夕。堂·胡利安出场的时候，场上人物的位置是：舞台前景的右侧是堂·塞维罗，而舞台深处站着特奥多拉和埃内斯托。

堂·胡利安　果真是他们两个！我没有听错。

这两个忘恩负义、不知羞耻的小人，

竟然真的在一起，这竟然是真的。

你，特奥多拉，背叛了你的丈夫；

你，埃内斯托，背叛了你的父亲。

你们两个都背叛了我，现在又要躲着我吗？

为什么要这样？是背着我去做什么羞耻之事吗？

还是去说只有你们两个在一起才能说的悄悄话？

你们两个居然一起出去，说，你们要去哪里？

给我把他们两个拦下，不要让他们走。

〔想要冲上去拦住两个人，但是心有余而力不足，只好迟疑观望着。

堂·塞维罗 （走向堂·胡利安，搀扶着他）请你别生气。

你现在身体虚弱，不能如此冲动。

这样大动肝火，很容易气急攻心，

请你一定要保重身体。

堂·胡利安 看到他们两个我就忍不了！

他们两个！都是骗子！都是小人！

对我只会说谎，只会欺骗，只会背叛！

卑鄙龌龊，不知廉耻，忘恩负义，恩将仇报！

〔一边诅咒着这两个人，一边被堂·塞维罗和堂娜·梅塞德斯搀扶
着坐到舞台右侧的扶手椅上。

瞧瞧他们两个，为什么要在一起？

特奥多拉，我的妻子；

埃内斯托，我的孩子。

这两个人竟然真的在一起，和谣言说的一样！

谁知道他们两个在一起会做出什么事来！

难以想象！

埃内斯托 （两个人分开）不，我们没有做什么！

堂·胡利安 他们为什么躲那么远？到底在害怕什么？

特奥多拉，过来！你为什么要害怕？

为什么要躲着我？过来！

特奥多拉 （伸出双臂迎向堂·胡利安，但是不敢靠近他）

我亲爱的胡利安！

堂·胡利安 特奥多拉，过来，到我的怀里来！

〔特奥多拉飞快地跑向堂·胡利安，投入堂·胡利安的怀抱。堂·胡

利安用力地搂住特奥多拉。停顿片刻。

你看见了吧？你都看见了！

（对堂·塞维罗）他们对我说谎，我知道；

他们背叛我，我知道；

他们两个在一起，我知道。

特奥多拉，她做的错事我都知道。

我应该让她死去，这是理所应当的事情，

她这是咎由自取、自食其果。

可是她在我的怀里，紧紧地抱住我，我看着她，

竟然不想让她去死，我不想！

特奥多拉　胡利安！

堂·胡利安　（指着埃内斯托）他在做什么？

埃内斯托　堂·胡利安先生……

堂·胡利安　这是我以前想要好好疼爱保护的人，

我不仅愿意慷慨地照顾他的生活，解决他的困境，

而且愿意谋划他的前途，更照顾他的自尊。

可是他对我做了什么？背叛和侮辱！

你过来！到我这里来！

〔埃内斯托走进堂·胡利安，堂·胡利安用手拉住特奥多拉。

我现在还是她的丈夫，她还属于我！

特奥多拉　是的，胡利安，永远如此。

你是我的丈夫，我属于你，永远都属于你。

我是……

堂·胡利安　现在你还在说谎！你要骗我到什么时候？

你就没有一句真话吗？

堂娜·梅塞德斯　（想要安慰堂·胡利安）我的上帝呀！拜托……

堂·塞维罗　（同上）我亲爱的哥哥呀！

堂·胡利安　（对堂娜·梅塞德斯和堂·塞维罗）好了，不用安慰我。

你们什么也不必说。

（对特奥多拉）你是怎么想的，我知道得一清二楚。

你不用欺骗我，我不相信你的谎话。

你爱他！这就是我所知道的真相，这就是你的想法。

〔特奥多拉和埃内斯托想要辩解，但是没有机会说话。

流言蜚语遍布全城，整座马德里城没有人不知道这件事。

整座城市，每一个人，全都知道你们两个的丑事！

你们竟然还想再骗我？！

埃内斯托　不，那不是真的，那都是谣言！

我的父亲，请你相信，那些都是人们捏造的，

并不是事实。

堂·胡利安　哈哈，不是真的？

特奥多拉　真的从没有发生那样的事情，都是谣言。

堂·胡利安　若是我道听途说，那这谣言不足为凭。

可是如今我亲眼所见，难道这传闻还有假不成？

我的心中虽然燃烧着怒火，但是正因为这怒火，

将事实照耀得更加清楚明了，我已经看清了你们！

不用再骗我了，我再也不相信你们的话了。

都是谎言，你们这群骗子，我不相信！

为什么不敢承认你们在说谎？为什么？

埃内斯托　胡利安先生，请你耐心听我的解释。

你现在怒气攻心，已经看不清事实的真相，

也听不进任何的劝告。

可是你说我背叛了父亲，特奥多拉背叛了丈夫，

我们说的话是谎言，这些都不是真的。

只因你太过愤怒，被怀疑紧紧纠缠，

理所当然地认为我们在一起就是有暧昧之情，

你已经失去了判断事情的理智，

才会如此武断地认为我们是无耻小人。

请你相信，谣言全都是假的，我们没有骗你！

堂·胡利安　没有骗我？我才不会相信！

都到了这个地步了，你们还不承认？

竟然还敢这样狡辩！

埃内斯托　（指着特奥多拉）她是一个单纯善良的人，

从没有做对不起你的任何事情。

她的清白无辜，你必须相信！

堂·胡利安　这让我如何相信？

你说的话我早已不会相信，我对你只有怀疑。

埃内斯托　如果你不相信我，

我就以我那已经去世的父亲的名义发誓，我所说一切都是真话。

堂·胡利安　你竟然还敢以你父亲的名义发誓？

他是一个忠诚善良的好人，一个慷慨无私的英雄。

你只是一个骗子，一个小人，

不要在这里用他的名义发誓，这是对他的侮辱，

也把我的美好回忆破坏了。

埃内斯托　如果你认为我不能以此发誓，

那么，我就以我的母亲弥留之际给我的一吻发誓，

请你相信我的真诚。

堂·胡利安　你不配以那一吻发誓，

卑劣无耻的人早已忘记了那一吻的圣洁真挚，

忘记了那一吻所赋予的真诚祈祷。

埃内斯托　你觉得我可以用什么发誓，我就用什么发誓，

你同意我以什么方式发誓，我就按照你的要求发誓。

一切都如你所愿，我没有丝毫犹豫。

我的父亲，我问心无愧，难道还怕发誓？

堂·胡利安　我不需要听你发誓。

你说的每一句话都是谎话，连誓言也是谎话，

就算你发誓，我也不会相信。

不要再和我争辩谣言的真假，也别再满口谎话。

你们对我的欺骗还少吗？你们以为我还会相信誓言？

埃内斯托　请你告诉我，你需要什么，我要怎么做，

你才能相信我的真心，相信我没有欺骗你。

请你告诉我，我一定按你的吩咐去做。

堂·胡利安　告诉我事情的真相，这就是我唯一需要的。

其他的我一概不要，只要这个。你能做到吗？

埃内斯托　特奥多拉，我不明白他需要什么，

我不知道他要我们怎么做。

我们该给他什么，该怎么做，他才会相信我们？

特奥多拉　埃内斯托，我也不知道。

现在，我们该怎么做？我们要说什么？

我们该怎么让他相信我们？

堂·胡利安　（瞪着他们两人，表情凶狠，带着一种本能的不信任）

够了，竟然当着我的面耍我玩儿吗？

你们在做什么？计划怎么骗我？讨论说什么谎话？

别以为我不知道你们的打算，一举一动我全都看见。

现在还想联手骗我，真是无耻至极。

埃内斯托 哪怕你亲眼所见，事实也并非如此。

这都是误会，并不是事情的真相。

你现在怒火中烧，早已没了判断的理智。

我们决不会骗你，请你相信我们。

堂·胡利安 你说的没错，我现在就是怒火中烧。

我的心现在就像一座火山，正在喷发着炽热的火焰。

这熊熊的火焰灼烧着所有，破坏着所有。

那曾经欺骗我的谎言，糊弄我的假象，

也被这大火付之一炬，全都消散。

正因为如此，你们这两个无耻的叛徒和骗子，

才真实地暴露在我的面前，让我看清你们的真面目！

从此之后，你们别想骗我，我也不会相信你们说的话。

看看你们两个，现在这个时候还在含情对视，

你们真是让我寒心。

告诉我，究竟是什么原因，才让你们两人一起欺骗我。

我哪里对不起你们？最后竟然落到这种地步。

我曾经最爱的两个人，留给我的只有谎言和背叛。

埃内斯托，请你告诉我，

到了现在，你为什么还没有流下愧疚的泪水，

竟然敢心安理得地看着我，没有任何退让？

过来，走近一点儿，再过来点儿。

〔强迫埃内斯托走近，让他低头，最后让他跪在自己脚下。这个时候，堂·胡利安就在特奥多拉和埃内斯托之间了。堂·胡利安用手去触摸跪在脚下的埃内斯托的眼睛。

你们看看他的眼睛，是如此的干枯，里面没有泪水！

埃内斯托　请你饶恕我！请你饶恕我！

堂·胡利安　我可以饶恕你的罪行，但是你必须说实话。

只有把真相告诉我，把你做错的事情一一告诉我，

我才有可能饶恕你。

否则，我决不会给予你原谅！

埃内斯托　我没有背叛你，也没有欺骗你。

我从没有做过对不起你的哪怕一件小事，胡利安先生。

你让我坦白什么？让我说什么实话？我没有呀！

堂·胡利安　还敢狡辩！告诉我真相！

埃内斯托　真相就是从来都没有背叛和欺骗，

从来没有不耻之行，从来没有暧昧之情。

堂·胡利安　既然如此，那你们两个就对视着彼此，

就在我的面前，现在就看着对方。

堂·塞维罗　胡利安！

堂娜·梅塞德斯　胡利安先生！

堂·胡利安　（对特奥多拉和埃内斯托）

让我们用这种方法来证明你们说的话吧，

看看到底你们是在说谎，还是真相本就如此。

如果你们确实什么错都没有犯，

如果你们问心无愧、光明磊落，

如果你们是真心关爱彼此的姐弟，

那么，就认真地看着彼此的眼睛，

在我的面前，证明你们的清白无辜。

眼睛是心灵的窗户，它不会掩盖一个人的善恶，

也不会隐藏一个人内心的真伪。

我能从你们的眼睛中看出你们的内心，

到底是正直坦荡、单纯善良，

和最初一样，坚贞无瑕，亲如手足，情同一家；

还是卑鄙无耻、龌龊不堪，

燃烧着可耻的欲火，堕落得只剩暧昧和肮脏。

你们两个都走近一些，在我的面前正视对方的眼睛，

如此近的距离，我就能看出你们的眼睛中隐藏着什么，

这样你们就谁也欺骗不了我，谁也无法说谎。

特奥多拉，你再靠近一些，一定要……

过来，都过来，你们两个再靠近一些！

〔特奥多拉被他拉到面前。堂·胡利安用尽全身的力气想让两个人靠近，逼着这两个人正视对方的眼睛。

特奥多拉　（试图挣脱堂·胡利安的束缚）不！请不要这样！

我做不到，我不能这样！

埃内斯托　（也想挣脱堂·胡利安的束缚，但是堂·胡利安紧紧抓住他不放手）

不行！我不能这样，请放开我！

堂·胡利安　我已经看清楚了！你们不用再遮掩了！

你们确实已经坠入了爱河，你们在相爱！

不要再狡辩了，你们确实在相爱，我看到了。

（对埃内斯托）我要杀了你，我决不会饶了你。

埃内斯托　我愿意为你奉献我的生命，

只要你愿意。

堂·胡利安　我要让你流尽最后一滴血，

来洗刷我的耻辱。

埃内斯托　我无怨无悔，只要是为你。

堂·胡利安　（抓住埃内斯托的手，让他跪在自己脚下）

跪下，别动！

特奥多拉　（想要阻止堂·胡利安）请别这样做，胡利安！

堂·胡利安　你这是在做什么？不想让他被我伤害吗？

你想要保护他吗？你是在心疼他？

特奥多拉　不，我不是在心疼他，我不是。

请你不要这样，胡利安，求求你。

堂·塞维罗　哦，我的上帝呀！

堂·胡利安　（对堂·塞维罗）不要说话，闭嘴！

（把埃内斯托按着跪在脚下）你这个叛徒！

你这个恩将仇报的儿子！你这个背信弃义的朋友！

埃内斯托　父亲！我的父亲！

堂·胡利安　（同上）恩将仇报，忘恩负义，

你就是这样对待我的慷慨和关爱？

你就是这样对待你的父亲？

你这个无耻的小人！

埃内斯托　父亲，请你相信我，

事实并非如此，请听我的解释，这不是真相啊！

堂·胡利安　我必须要在你的脸上盖上一个章，

让大家都知道你做出的这般羞耻不堪的事情，

让他们都看见你的背叛!

用我的手掌,这枚自制的钢印,

用它来给你的脸上盖上这可耻之章,

让你永远铭刻着它!

(用尽力气,打了埃内斯托一记耳光)

埃内斯托 (大叫一声,站起来,手捂着脸,跑向舞台的左侧)啊!

堂·塞维罗 (手指着埃内斯托)咎由自取!

特奥多拉 (跌坐在右侧的椅子上,双手捂着脸。)我的上帝呀!

堂娜·梅塞德斯 (试图为堂·胡利安的行为找一个理由)

他这是在梦游!

〔上面这四个人的叫喊声都非常的急促,因为堂·胡利安打埃内斯托的一记耳光发生在令人瞠目结舌的一瞬间。胡利安目不转睛地盯着埃内斯托和特奥多拉,堂·塞维罗和堂娜·梅塞德斯想要劝阻他们。

堂·胡利安 不,我没有梦游!我知道自己在做什么。

这就是我对他的惩罚,他背叛了我,欺骗了我,

难道还要逍遥法外,继续胡作非为?

我的上帝呀,我必须惩罚他的罪行,

我不能饶恕他的所作所为,决不原谅!

对这两个无耻的叛徒,你是怎么想的?

堂娜·梅塞德斯 走吧,胡利安先生。

让我们离开这里。

堂·塞维罗 走吧,胡利安。

堂·胡利安 好,既然如此,我走。

〔由堂·塞维罗和堂娜·梅塞德斯挽扶着走向卧室,步履维艰,走得很困难。不时地回头看看特奥多拉和埃内斯托。

堂娜·梅塞德斯　快点走哇，塞维罗！快点！

堂·胡利安　这两个忘恩负义的小人，

你看看他们两个人，这两个叛徒。

我终于报仇雪恨，洗刷了他们带给我的耻辱。

不是吗？是的，是的，是这样的，我已经报仇了！

堂·塞维罗　我的上帝呀！

堂·胡利安　我的上帝呀！

（拥抱住堂·塞维罗）我的弟弟啊，塞维罗，

在这个世界上唯一真心爱我的，只有你！

在我的世界中，我唯一拥有的，只有你！

堂·塞维罗　我当然爱你，是这样的，

哪怕全世界都背叛了你，欺骗了你，

我也不会做出这样的事情来！你永远都拥有我的真心！

堂·胡利安　（继续向卧室走去，在快到房间门口的时候停下，
再次看向特奥多拉和埃内斯托）

特奥多拉，我的妻子，她正在为另一个人流泪。

她的丈夫就快要死了，她竟然连看都不看！

我就快死去了，真的，我没有说谎，我真的要死了，

而我的妻子，连看我都不愿意，更别说为我哭泣。

我就要死了呀！

堂·塞维罗　胡利安，你在说什么胡话！不要这样说！

堂·胡利安　停一下，等等！（在卧室门口停下）

埃内斯托，你的背叛，你的欺骗，

践踏了我的名誉。

如今，我终于报仇了！

你这个小人，我也要让你抬不起头来做人。

当初你是如何对我，现在我也如何对你！

埃内斯托，永别了，我以后永远都不会再见你！

〔堂·胡利安、堂·塞维罗和堂娜·梅塞德斯从舞台的右侧中景处下，离场。

第十场

人物：特奥多拉、埃内斯托、堂·塞维罗、堂娜·梅塞德斯、佩皮托

〔埃内斯托倒在舞台左侧的扶手椅上，特奥多拉站在舞台的右侧。停顿。

堂·塞维罗、堂娜·梅塞德斯和佩皮托在内台。

埃内斯托　（旁白）世界上最无用的就是忠心和诚实，

最后还不是没有人信任自己，没有人相信那些实话？

特奥多拉　为什么不相信我的无辜？

为什么要怀疑我的坚贞？

我要用什么才能证明，我深爱着我的丈夫！

埃内斯托　那些早就丧失了理智和良心的人，

那些居心叵测的小人，那些心地恶毒的造谣者，

只会认为你老实可欺，将你狠狠践踏。

特奥多拉　我的上帝呀！请可怜可怜不幸的人们吧！

请饶恕他们的罪孽，行行好吧！

埃内斯托　我命运中的这颗灾星无法躲开，

已经给所有的人带来了灾难和祸患。

特奥多拉　痛苦的厄运已经降临，

我们只能在其中苦苦挣扎。

埃内斯托　特奥多拉，她是如此的不幸！

特奥多拉　埃内斯托，他是如此的不幸！

〔以上都是两人各自的旁白。

堂·塞维罗　（在内台，以下都是惊慌失措的喊叫）

胡利安！我的哥哥呀！

堂娜·梅塞德斯　救命啊！快救救他！

佩皮托　快点！快点！

〔埃内斯托和特奥多拉站起来，两个人靠在一起。

特奥多拉　他们的喊声是如此的惶恐，如此的悲惨！

埃内斯托　这是面对死亡的呼号，面对不幸的痛苦！

特奥多拉　我们快去，快点走！

埃内斯托　你要到哪里去？

特奥多拉　胡利安的卧室！

埃内斯托　（拦住特奥多拉）不要去。

我们两个谁也不能进去，你不能去，我也不能去。

特奥多拉　为什么不能进去？我要去看我的丈夫！

我不能失去胡利安，我希望他能活下来。

（十分焦急，惊恐不安）

埃内斯托　（同上）不，不能，我不能去。

我也想……

但是我不能……（指着堂·胡利安的卧室）

特奥多拉　你不能，我能。（向卧室的门跑去）

第十一场

人物：特奥多拉、埃内斯托、堂·塞维罗、佩皮托

〔舞台上人物的站立顺序为：埃内斯托站在舞台的中央，特奥多拉站在堂·胡利安卧室的门前，佩皮托后面跟着堂·塞维罗，从堂·胡利安的卧室走出来。

佩皮托　你想去哪里？

特奥多拉　（绝望地）我想要见他，我想见我的丈夫！

佩皮托　不行，这绝不可能！

堂·塞维罗　我不准她进入这间卧室！

我不准她在这个家中待着！

把她赶出这个家！马上，快把她赶走！

（对佩皮托）现在就把她赶走，快点！

不必对她发善心，快赶她走！

埃内斯托　他在说什么胡话？竟然要把你赶出去！

特奥多拉　这究竟是怎么回事？我要控制不住自己了。

啊，我要疯了！

堂·塞维罗　佩皮托，现在你要听我的安排。

我要你赶她走，你就赶她走。

你的母亲也许会苦苦哀求你，甚至会用眼泪让你动摇，

希望让特奥多拉留在这个家中。

不必在意，她愿意说什么就说什么，她愿意流泪就流泪，

无论她如何反对，无论她如何阻拦，

你都要置之不理。

（对佩皮托）把她从这个家中赶出去，我不想再看到她。

如果她还留在这里，我一定会把她杀了！

特奥多拉　不要忘记，这个家的一家之主是胡利安！

只有胡利安说的话在这个家中才算数！

堂·塞维罗　你说得没错，胡利安是一家之主。

埃内斯托　你的丈夫已经奄奄一息了！

你如何让一个命在旦夕的病人做主？

特奥多拉　那是我最敬爱的丈夫，我必须看到他！

请让我进去，让我见一见他！

堂·塞维罗　你要见他，这个没问题，我允许你进去。

但是你见完他之后，必须马上走，

从这个家中离开，再也不要回来。

佩皮托　（好像要反对父亲的这一做法）父亲！

堂·塞维罗　（对佩皮托）就这么做！

别啰唆，把她赶走！

特奥多拉　这肯定不会是真的！你要将我赶走？

不，这不可能，你是在骗我！

佩皮托　事情竟到了这样惊心动魄的地步。

特奥多拉　你是在骗我，我不相信。

堂·塞维罗　那你快来看吧，特奥多拉，快过来！

〔特奥多拉被堂·塞维罗抓住一只手臂拖到堂·胡利安的卧室门口，将卧室的门帘撩开，让特奥多拉看躺在卧室中的堂·胡利安。

特奥多拉　啊！……胡利安……

我的丈夫哇……我的胡利安……

他……他死了……

（说话的语气极度地悲伤哀痛，倒退了几步昏死在舞台的中央）

埃内斯托 （双手捂着脸）啊，我的父亲！

〔暂停片刻。堂·塞维罗站在一旁，看着特奥多拉和埃内斯托，眼中充满挑衅和敌意。

堂·塞维罗 将特奥多拉赶出这个家去！快把她赶走！

埃内斯托 （跨了一步，站到特奥多拉的面前）

你为何要将她赶走？这样的做法实在是薄情寡义！

你真是一个无情无义、冷酷苛刻的人！

佩皮托 （迟疑不定地）父亲！

堂·塞维罗 （对佩皮托）为什么还在犹豫？

难道你还没有听明白我的命令吗？赶她走！

这是我的决定，已经无法更改。

埃内斯托 看在上帝的分儿上，行行好吧！

堂·塞维罗 行行好？你竟然还要求我行行好？

没错，我就是在做好事！

你可以看看，那就是你们做的好事！（指向堂·胡利安的卧室）

埃内斯托 胸中热血激荡，满腔怒火待发，

我实在是无法忍受！

堂·塞维罗 无法忍受，就不要继续再忍。

埃内斯托 这样的压抑让我无法呼吸！我就要窒息了！

堂·塞维罗 这就是短暂的人生，谁也无法改变。

埃内斯托 求求你，这是我最后一次求你了！

请你不要这样做，拜托！

堂·塞维罗 （对佩皮托）这样不行，去叫人！

把他们都赶出去！一刻都不要留！

埃内斯托　我发誓，她仍然是最初那个清白的女人。

绝没有做任何不耻之事，绝没有任何的背叛之心。

佩皮托　（好像想为他们求情）父亲！

堂·塞维罗　（指着埃内斯托，眼神不屑，对佩皮托）

他说的都是谎话！我不会相信他。

埃内斯托　如果你想让我死，那我决不退缩。

我虽然不知道她的心中是什么想法，

（指着特奥多拉）因为如今她无法说话，

也无法思考，但是我能想到她如何所想，

我就要把她的想法说出来！

堂·塞维罗　随你怎么说，我都要做。

让我亲自来……（想要靠近特奥多拉）

佩皮托　（阻拦住他）父亲！

埃内斯托　别过来！（暂停片刻）

我最爱的女人就是她，谁也无法将她伤害，

哪怕是你，我也不会让你靠近。

既然流言蜚语这样捏造，我就顺从你们的希望。

你们将她判决给我，我接受这样的判决。

特奥多拉，在我的怀中，

你不需要担心，也不需要害怕。

过来吧！（将特奥多拉扶起来，用手臂抱着她）

你对我们下了逐客令，那我们现在就走。

堂·塞维罗　你这个无耻的小人，

你终于暴露了你那龌龊的内心！

佩皮托　无耻！

埃内斯托　你们这些人总以为自己看到的都是真相，

不如让我告诉你们什么才是真相。

既然大家都想让我和特奥多拉坠入爱河，

那就顺从你们的希望，让你们看到我们高昂的激情！

既然大家都想让我和特奥多拉彼此相爱，

那就顺从你们的希望，让你们看到我们诚挚的真爱！

既然大家还想看到更多，那就顺从你们的希望，

什么要求我都可以做到，绝无二话。

既然大家热衷捏造恶毒卑劣的谣言，

那就顺从你们的希望，所有的污言秽语我都接受！

你们每一个人都在散播着无中生有的谣言，

哪怕费尽口舌，哪怕口干舌燥，

也要让整座马德里城都充斥着乌烟瘴气，

所有的人都在回应着无耻的传闻。

假如有一天，有人问起，这场闹剧的罪魁祸首是谁，

你们可以回答他：你自己！

还有那些喜欢挑拨是非、鼓弄唇舌的小人！

也许你以前都没有发现他们，

但是你最终会发现他们就在身边。

特奥多拉，让我们离开这个地方吧！

我那已经升入天堂的母亲，将会给予你一吻，

落在你单纯无邪的额头上，为你祝福。

永别了，所有的人！

现在，我已经永远拥有了她。

而我们之间的对错，都将交给上帝来做判断。

〔紧紧地抱着特奥多拉，看着在场的每一个人，眼神充满挑衅。塞维罗和佩皮托在舞台的前景处，做出合适的反应。

〔幕落。

——剧终

何塞·埃切加赖作品年表

1832 年　出生于西班牙首都马德里，在穆尔西亚度过童年。

1853 年　以优异的成绩完成了土木工程学院的学业，数学和机械是
　　　　他最擅长的科目。

1854 年　母校聘请他为该校教授，他最重要的成就体现在基础数学
　　　　和应用数学两方面。同时，他也是一位卓越的工程师。

1865 年　以笔名发表了《私生女》的剧作。

1869 年　担任公共事业大臣。此时西班牙的王位由意大利国王阿马
　　　　德奥一世占据。

1872 年　阿马德奥一世下台，埃切加赖被流放到法国巴黎，在这里
　　　　他专门从事戏剧创作。不久重返西班牙，担任内阁财政大臣。

1874 年　负责成立西班牙国家银行。同年，以笔名发表《单据簿》。
　　　　11 月，发表了成名作《复仇者的妻子》。

1875 年　3 月 2 日，在西班牙剧院首演戏剧《最后之夜》。10 月 12 日，
　　　　在阿波罗剧院首演戏剧《在剑柄里》。

1876 年　11 月 12 日，首演戏剧《拉维纳的剑客》。

1877年 1月22日，在西班牙剧院首演戏剧《或狂狷或神圣》。2月10日，首演戏剧《和平的彩虹》。4月27日，首演戏剧《眼对眼》。10月14日，首演戏剧《秘密》。

1878年 2月26日，同时首演了戏剧《日出与日落》和《在柱子和十字架上》。10月15日，首演戏剧《短暂的驻留》。

1879年 2月10日，首演戏剧《长久的安眠》。4月12日，在西班牙剧院首演戏剧《死亡》。12月20日，首演戏剧《没有岸的海》。

1881年 3月19日，在西班牙剧院首演戏剧《伟大的牵线人》。4月8日，在西班牙剧院首演戏剧《两个起哄的人》。12月3日，首演戏剧《日耳曼人——哈罗尔》。

1882年 12月14日，在西班牙剧院首演戏剧《两种责任间的冲突》。

1883年 3月24日，在西班牙剧院首演戏剧《埃及的奇迹》。

1885年 3月7日，在西班牙剧院首演戏剧《快乐的人生 悲哀的死亡》。

1887年 1月，首演戏剧《两个宗教狂热主义者》。4月12日，首演戏剧《现实还是妄想》。

1888年 7月4日，在帕歇罗拿的佳尔宝·威克剧院首演戏剧《高尚与庸俗》。

1889年 3月9日，在西班牙剧院首演戏剧《永不干涸的泉》。

1891年 2月27日，在喜剧剧院首演戏剧《新进评论家》。

1892年 首演戏剧《唐璜之子》。12月5日，在喜剧剧院首演戏剧《玛丽亚娜》。

1896年 3月，在喜剧剧院首演戏剧《野性之恋》。

1898年 2月11日，在西班牙剧院首演戏剧《怀疑》。4月22日，首演戏剧《男黑人》。

1899 年　首演戏剧《通往宝座的阶梯》。

1900 年　发表《疯狂的上帝》《痣》《污点擦洗》。

1904 年　首演戏剧《不安的女人》。

1905 年　首演戏剧《拖拉的力量》《死于唇上》。

1906 年　首演戏剧《样品》《克里尼亚的三个梦》。

1912 年　出版文集《短论集》。

1916 年　逝世于西班牙马德里。

1917 年　遗作《自传》出版。